活劇映画と家族

筒井康隆

講談社現代新書

2626

家族と疑似家族

どのような良い家族を持っていても、尚且つ、自分が理想とする家族を冀求《ききゅう》する心理は誰にでもある。例えばギャングの場合は、何なに一家という呼称が示すように、構成員の関係は家族に酷似している。悪事だの生命の危険だの運命だのを共有していると、その仲間は限りなく家族に近づいて行く。まさに任俠《にんきょう》の世界で言う「親の血をひく兄弟よりも」（北島三郎・歌「兄弟仁義」作詞・星野哲郎／作曲・北原じゅん）である。

最初にギャングや任俠の世界を例に出してしまったが、これは彼らの家族に酷似した関係を、これから書こうとしている『活劇映画と家族』で論じようとしているからだ。正確には「活劇映画における疑似家族」というタイトルにすべきだが、くだくだしいので簡単にした。ただし任俠の世界は主に日本映画で描かれているので、やくざもの、博徒を主人公にしたもの、股旅ものなどにまったく詳しくない筆者としては敬遠せざるを得なかったことをお許しいただきたい。

また、洋画における活劇映画は何もギャング映画に限ったことではないので、冒険ものや探検ものや探偵ものや戦争ものなども含めて「活劇映画」と総称させていただくこととするが、以下、こうした映画の中に描かれる運命共同体としての疑似家族を取りあげ、文章として再録することによって小生、読者と共に懐かしい映画の思い出にどっぷりと浸りたいのだ。

疑似家族と書いてきたが、それ以前に本物の家族というものがある。泥棒一家、ならず者一族、などと言ったりもするが、実の家族による悪事というものは、一般には似たもの夫婦、あの親にしてこの子などと言われるように、なるほどと世間を首肯させる一方で、逆に家族すべてが優秀な中でなんであの子ひとりだけが、と言われるような事例もあるにはある。こうなってくると遺伝子の問題になってくるのだが、遺伝とくれば社会的要因と並んで大きな現代的問題であり、親族ぐるみ家族ぐるみの悪事がマスコミを賑わせもし、恰好な映画の題材にもなっている。従って疑似家族以前に、順序としてはまず家族ぐるみの犯罪を描いた映画を取りあげておくべきであろう。

「悪」はしばしば魅力的に語られる。これが問題とされるのは映画で魅力的に描かれた悪が、観客に、特に未成年者に悪い影響を与えると一般に言われているからだが、この本では逆に、だからこそ、何ゆえに悪は魅力的なのか、その魅力の本質は何かという根源的な疑問を、われわれが青少年時代に俘虜《とりこ》になったあの「悪い映画」たちによって解き明かしたいと思うのである。勿論、そんなものは性悪説によって簡単に断じることができるとする向きもあろうし、そもそも性悪説そのものが解明不能の理屈でもある。その他脳科学だの優生学だの、倫理道徳に関わる面倒な理屈はこの際うっちゃっておこう。つまりは、映画そのものが悪と看做《みな》されることもあったわが少年時代からの、映画における悪とされるものの魅力の源、本質は、ただその映画を語るだけでそれがどんなものかを解明してくれる筈なのである。

家族の犯罪というのは、「万引き家族」*など最近の日本映画にも見られるが、ここでもあくまで洋画にこだわって論じたい。それも特に古典とされていて評価の定まった映画を多く取りあげることになるだろう。ただ小生にとってその多くはわが青春の思い出に繋がっていて、その意味では古典でもなんでもないわけなのだが、例えば後述する「白熱」が「フィルム・ノワールの古典」と言われていたり、同じく後述する「マルタの鷹」が「ハードボイルド映画の古典」と言われていたりするので、しかたなく古典と称しているだけである。ただし筆者はこれらの作品に先駆けた作品がそれぞれのジャンルに存在すると思っているので必ずしもこれらを古典とは思っていないのだが、これについても後述することになるだろう。

のっけから大上段に振りかざしたような弁を反省する気持ちもある。小生、映画評論家でも何でもなく、たくさんの映画を系統立てて見てきたわけでもない。だからそれぞれのジャンルにおける一番重要な作品や大事な作品を抜かしている可能性が大きい。もしそういう指摘をされれば、それはもうほとんどその指摘が正しいに決まっているので、お詫びするしかあるまい。

＊「万引き家族」二〇一八年／AOI Pro．作品／脚本と監督・是枝裕和／出演リリー・フランキー、安藤サクラ、松岡茉優、樹木希林他／音楽・細野晴臣／百二十分

目次

一

「白熱」* 「血まみれギャングママ」 「前科者」

「白熱」——コーディ（ジェームズ・キャグニイ）と妻バーナ（ヴァージニア・メイヨ）。

マックス・スタイナーのいつもの重厚な音楽で、トンネルから出てくる列車をバックに「ＷＨＩＴＥ　ＨＥＡＴ」のタイトル。モノクロである。カリフォルニア州境を走る七輛連結の列車。山道を併走する黒い乗用車にはギャングたち四人が乗っていて、コーディのジェームズ・キャグニイは助手席。列車にはスティーヴ・コクランと、もう一人、すでに二人のギャングが乗っていて、車掌二人を脅し、言うことを聞かなかった一人を無慈悲に殺し、もう一人を拘束している。乗用車は列車の行く手の踏切で停り、キャグニイがてきぱきと指示して二人を貨車に行かせ、一人が拳銃で荒っぽく転轍機を撃って切り替える。キャグニイは陸橋の上に立つ。列車の上に飛び降りるつもりのようなので、えっ大丈夫かいなと思い、ちょっと心配してしまう。というのもこの時キャグニイはすでに五十歳。動きや科白《せりふ》は流石《さすが》にきびきびしているものの、若い時と違ってでぶでぶに肥《ふと》っているのだ。

車内では「ここで停車させろ」とコクランが言うと片方の車掌が水筒でギャングの一人を殴り、その車掌をコクランが無慈悲に射殺する。

陸橋の下を行く列車の屋根にキャグニイが飛び降り、車内のコクランが停止用の紐を引き、キャグニイは屋根の上から機関士とその助手に拳銃を向けて停車させる。転轍機の担当だった男が機関車に飛び乗って運転席につくと、機関車に詳しいらしいこの男は「この機関車は新型だ」と余計なことを言ってキャグニイに一喝され、ちょっと運転して踏切まで行くと、さらに口の軽いこの男、金を奪う役の二人が貨車の一台の窓から車内に向けて拳銃を発射した音に驚いてキャグニイに「コーディ」と呼びかけてしまうのだ。キャグニイが「名前を言うな」と言ってももう遅い。これで機関士たちの運命は決まっちまった。機関士が何のつもりか「やめろコーディ」と余計なことを言ったため「物覚えがいいな。残念だ」と言ってコーディは機関士とその助手を無慈悲に射殺する。しかし助手が倒れながら蒸気の紐を引いたために線路上にいた口の軽いギャングの顔に蒸気が噴出し、この男は悲鳴をあげて地べたを転げまわる。

　ダイナマイトで貨車を爆破した二人が財務省の札束が入った袋を担ぎ、列車内にいた二人と合流して機関車に戻る。「ズッキーが火傷《やけど》した」と聞かされてもコーディは何とも思わない。苦しむズッキーを抱えた一同、乗用車に乗り込んで走り去る。

　放送局でアナウンサーが「郵便列車の強盗から一週間経ちましたが」と喋っていて、それをコクランたちギャングの子分三人が聞いている。つまり次のシークェンスに移ったわけだが、ここまででたったの四分である。ラオール・ウォルシュという監督はいつもスピーディだ。小生の大好きなロマンチック・コメディ*「いちごブロンド」までがスピーディである。この「いちごブロンド」はじめ多くのラオール・ウォルシュ作品にキャグニイは主演している。

一味は山の中の小屋に潜んでいた。ここにはコーディの母親のマー・ジャレットと妻のバーナも一緒にいる。マー・ジャレットを演じているのはイギリスの女優でマーガレット・ワイチャーリイ。この人はハワード・ホークス監督の*「ヨーク軍曹」でも主人公の母親を演じているが、ふたつの母親の性格はえらい違いで、「ヨーク軍曹」の母親が信心深い敬虔《けいけん》な女性なら、この「白熱」の方はコーディを溺愛してマザコンの残虐な怪物にしてしまった恐るべき母親である。このマザコンという設定は、ヴァージニア・ケロッグの原案で書かれたアイヴァン・ゴフとベン・ロバーツの脚本が戦前からのありきたりのギャングものに過ぎなかったので、これに不満足だったキャグニイが監督に提案して主人公をマザコンの異常性格者に替えたのだという。これは成功して、この映画はフィルム・ノワールの古典とまで言われるようになった。

「白熱」は一九四九年のワーナー・ブラザース作品。ウォルシュは同じ年に*「死の谷」を撮っていて、これは八年前に撮った*「ハイ・シェラ」の彼自身によるリメイクで、この映画に出たヴァージニア・メイヨが「白熱」にもキャグニイの妻バーナ役で出演している。悪女であり、だらしない寝姿で鼾《いびき》をかいているなど、一応美人女優だから抵抗はあっただろうが、「死の谷」だってあばずれ女で、まあどちらも汚れ役だったんだから仕方あるまい。そのかわりウォルシュは二年後に、「艦長ホレーシヨ」*で彼女にバーバラ姫という美しいヒロインをやらせている。因《ちなみ》に「白熱」が日曜洋画劇場で放映された時の彼女の吹き替えはなんと山東昭子であった。

スティーヴ・コクランの役名はビッグ・エドというのだが、このビッグ・エドとバーナはできている。そもそもこのスティーヴ・コクランという俳優、真面目な役で主演したりもするが、だいたいにおいて悪役、それも色悪であり、一の子分でありながら親分を裏切る役が多い。ダニー・ケイの喜劇ではたいてい悪役で出てくる。ここでもビッグ・エドはいずれコーディを見限って自分が親分になるなどと仲間に言ったりする。そのことに気づいているのかいないのか、コーディはビッグ・エドと呼ばれている彼を冷やかしたりしながらも、なんとなく彼と妻とのことを気づいているようでもあり、気づいていないようでもあり、それはマー・ジャレットも同じだ。当然のことながら嫁と姑の関係はあまりよくない。

マーはコーディのギャング教育、さらには親分教育もやってきたようだ。コーディは頭痛持ちでもあるが、父親からの遺伝だというこの頭痛もエディプス・コンプレックスゆえの進行性脳疾患であるらしい。あとの場面では刑事たちの会話で「子供の頃、頭痛の芝居で母親の気を引いていたのが本当になった」という話が出てくるからだが現代の脳科学で考えるとずいぶんおかしな話だ。子分たちに対してはサディスティックに振舞い、母親にはとろけそうな笑みを見せるコーディが怖い。マーの方は子分の前で発作を起こしたコーディを別室で介抱したあと、子分たちが見ているから何でもなかった振りをして部屋を出て行けと命じたりする。頭痛に苦しむコーディの後頭部をぐいぐいと揉んでやるマーの演技と、その前の、コーディが頭痛で倒れ込みながら持っていた拳銃をぶっ放して子分たちを驚かせるシーンなど、圧巻である。なるほどこんな親分では、子分に見放されるのも当然だろう。バーナもまたコーディに愛想を尽かしていて、あとの場面では分乗した車の窓越しにビッグ・エドと秋波を交しあったりしている。

カーラジオでニュースを聞いていた子分が「大変だ。嵐で道路が閉鎖されるらしい」と報告してくるが、その子分を「大切なバッテリーを使った」からというので殴り倒すのだからひどいもんだ。それでも逃げなければしかたがない。「連れて行ってくれ」と懇願する重傷のズッキーに「時がくればな」と冷たく言うコーディ。一族郎党をつれて山小屋を出て行こうとする時、マーはコーディに「あいつ、誰かに見つかったら話すよ」と耳打ちする。コーディは「ズッキーに医者を呼んでやってくれ」と頼んでいた子分に拳銃を渡して「専門医はお前だ。楽にしてやれ」と命じる。無情の極みである。しかしその子分にしてみれば仲間であるズッキーを殺すにしのびないので、天井に向けて三発発射し、殺したと思わせる。車二台でふた手に分かれ、山を去る一味。

しかしズッキーの凍死した屍体はすぐ発見され、コーディの一味とわかり、捜査網が敷かれる。ジャレット一家三人はロサンゼルスのモーテルに泊っていた。コーディがバーナに「ママはどこへ行った」と訊ねるとバーナが馬鹿にしたように「可愛い息子のために苺を買いに行ったわよ」と言うので、コーディはバーナを乱暴に蹴り倒す。昔の映画が男性に受けたのはこういうDVが映画の中では大流行していたからだ。その代表格がキャグニイだった。すぐ女にずいぶんひどい暴力を振るうのだが、昔はたいして問題にされず、むしろ男性客からは喝采を浴びた。現実には女が強くなってきていたからである。この映画では特に、マーへの密着ぶりと対照されている。

苺を買いに市場に来ていたマーは、捜査官に目撃され通報される。車の後部に目印がつけられていることを知らず、マーは車で帰ろうとするが、三台の車のリレーで尾行されていることにすぐ気づく。にやりと笑うマーはまるで魔法使いのお婆さんだ。この演技力には感服。警察の車を三台とも撒《ま》いてしまうのはさすがだが、モーテルに戻ってきてから目印を発見されてしまう。「つけられたかもしれない」と言うマーに「ママの勘はいつも確かだから」とコーディたちはすぐにモーテルを出る。やってきた警察の車に追われ、市街地での追いかけののち、コーディ一家はドライヴ・イン・シアターに逃げ込む。ここでコーディは母と妻に、自首して出ることを明かす。驚いて「四人も殺してるんだからガス室は確実だよ」と言うマーに、列車強盗と同じ日に似たような手口で遠隔地にあるパレスホテルで金の強奪事件をやらせたのはおれだと言うコーディ。その事件の犯人として名乗り出れば短い刑期ですむのである。「お前は賢い子だ」と言うマー。警察での尋問にも「何ヵ月も逢っていない」と言い張ってみごとな弁舌を駆使するマー。バーナがひたすら泣き続けるのは、何か言うとぼろが出るからであろう。そしてコーディは自首。新聞にでかでかと写真が載る。

ここでやっと配役序列三番目のエドモンド・オブライエンが登場。この役者はだいたい保険会社の調査員だの劇場の宣伝係だの地味な副主人公が多く、たまに主人公であっても毒を盛られて限られた時間内に犯人を捜す役であったりと、どうもぱっとしない役柄ではあるが、ずっと後にはそんな役柄でアカデミー賞助演男優賞を一回、ゴールデングローブ賞助演男優賞を二回も取っているのだからたいしたものだ。「白熱」での彼の役は警察の潜入捜査官ハンク・ファァロン。囚人に偽装して刑務所に入り、犯人と接触して真相を探るというもので、映画に登場した時は役を終えていったん警察に戻ってきたばかり。コーディと同じ房に入れて金のありかを探らせようという捜査方針に、釣りに行くのを楽しみにしていたハンクだが、しかたなく刑務所に舞い戻る。

一年から三年の刑期で四人房に入っているコーディは、何かと言っては近づいてくるファァロンを最初は警戒している。ファァロンのことを知っている囚人に出会《でくわ》しそうになって慌てて騒ぎを起こしたり、ファァロンの妻の役をする筈の女性警察官の写真が房へ送られてきたのに、すぐにはそれとわからなかったりするから余計に怪しむのである。

一方一味はまた新たな強奪事件を成功させて大金を手に入れる。しかし留守中の一味を取り仕切っているマー・ジャレットがビッグ・エドの好き勝手にさせず、コーディの分け前を主張して分配させない。ビッグ・エドも他の子分たちと同様に、マーの迫力で従わざるを得ないのだが、これで不満なのはバーナである。あんたは口だけだね、金も使えず何もできないと言ってエドを詰《なじ》るので、エドは刺客を刑務所に送り込んでコーディを殺す計画を立てていることを彼女に話し、キスをする。それを隣室から見ているマー。彼女はエドが何か企んでいることを悟っている。

刑務所ではエドから送り込まれた男が事故に見せかけてコーディを殺そうとする。間一髪、ファロンはコーディに飛びついて上から落ちてきた重機から彼を守る。その直後、刑務所にマーがやってきて、バーナとエドが駆け落ちしたこと、エドがコーディを殺そうとしていることを告げる。ここでは「お前は世界の頂点に」うんぬんの繰り返しがある。彼女はコーディの額の怪我を見て、息子が早くも命を狙われているると知り、それが事故ではないことを教え、エドは自分が始末すると息巻いて、コーディが母親の身を心配して「やめろ」と叫んでいるのを尻目に、決意の表情で帰って行くのだ。

命を助けられてもまだファロンを信じていなかったコーディは、母親のことばと、彼を殺そうとした男の怯《おび》えた様子と、さらには母親のことが心配でもあって、持病の頭痛が起きた時にファロンがマーと同じように後頭部を揉んでくれて「お前が世界の頂点に立つ男だと昔から思っていた」などと言うので、この男と母親とを半ば同一視したのか、信頼しはじめる。ここではファロンがなぜマーの口癖を知っていたのかが気になるが、恐らくはコーディが子供の頃から言われていたことを自分でも言っていたのだと考えるべきだろう。以後、ファロンが母親代理となるのも頷《うなず》ける。

母親が心配なコーディは「外に用事ができた」とファロンに脱獄の相談を持ちかける。ファロンが妻に偽装した連絡員にこれを報告し、警察はコーディたちの脱獄を待ち受ける準備を始める。だがその日の刑務所の食堂で顔見知りだった男からマーが死んだことを伝えられ、コーディは錯乱し、大声で暴れまわる。ここは有名な場面だ。この大食堂のシーンの囚人役たちはキャグニイがそこまで暴れまわるとは知らなかったため本当のパニックになったと言われている。このアクシデントのためにファロンと二人だけで逃げる筈だった脱獄計画は大きく変わってしまい、コーディは何人かと共に逃げることになり、ファロンも同行を余儀なくされる。

マーが殺される様子は画面には映らない。マーの姿の最後は面会所でコーディの前から立ち去る場面である。だが、その最期はバーナとエドの会話でわかることになる。コーディたちの脱獄をラジオで知ったバーナは怯えてエドに逃げようと言うが、エドは戦うしかないと言う。そんなら自分ひとりで逃げると言うバーナに、では、コーディに姑殺しのことをばらすぞと脅す。マーをうしろから撃ったではないか。そんなことを言われたらコーディが怒り狂うだろう。しかたなくバーナはエドと共に留まる。バーナはマーを本当に背後から撃ったのだろうか。そんな度胸はありそうにないのだが、あるいはエドを助けるためにやったのかもしれない。

だが怖くてたまらないバーナはその夜、こっそり逃げ出そうとして、ガレージに入ったところでコーディに捕まってしまう。必死で弁解するバーナ。エドがマーを背後から撃ったのだと聞かされ、コーディはこれを信じて家の中に戻り、バーナに手伝わせてエドを油断させ、射殺する。コーディはバーナに未練があるのでどうしても彼女を信じてしまうのだ。このあたりの展開はギャングものではなく、コーディを怪物に

左からロイ・パーカー（ポール・ギルフォイル）、ハンク・ファロン（エドモンド・オブライエン）、ハーバート（G・パット・コリンズ）、看守（不明）、コーディ。

仕立てたホラー映画の趣きになっている。

コーディは新たな仲間たちと新たな犯罪計画を練る。マーが死んだあとも彼女の影響が尾を引いていて、彼女から聞かされたトロイの木馬の伝説を化学工場から現金を強奪する犯行に利用しようと考え、それをファロンも含めた仲間たちに打ち明ける。コーディのファロンに対する信頼は今やマー同様になっていて、ファロンが知りたかった列車強盗の際の金の受け渡しルートも喋ってしまうし、コーディたちの計画をファロンが警察に連絡しようとして

左からコーディ、ハンク・ファロン、コットン・ヴァレッティ（ワリー・キャセル）。

こっそり出かけようとしたところを発見されたにもかかわらず、妻に逢いたかったのだと誤魔化されると逆にファロンに共感してしまう。ファロンに昔のことを話したあとのコーディは「今日はママと話せた」などと完全にファロンとマーを同一視してしまっている有様だ。

よりを戻してコーディに甘えるバーナ。コーディもめろめろである。ファロンは壊れたラジオを修繕して発信器にし、なんとか警察に連絡しようとしている。トロイの木馬とはタンクローリーのことで、その底部にファロンは発信器をとりつける。ここからは最後の犯行となる。タンクローリーに潜んだ仲間たちは無事工場事務所に侵入。だがここで、昔の囚人仲間とファアロンが鉢合せをし、ファアロンの正体がばれてしまう。マーと同一視し、今や母親の代りのように思っていたファアロンの裏切りに、コーディは激怒のあまり半狂乱となる。

発信器によって一味の行く先を突き止めた警官隊が工場に到着し事務所を包囲するが、コーディはまだ錯乱状態のままだ。「聞いたか母さん。手をあげて出てこいってさ」。そして銃撃戦となり、手下は次つぎと射殺されていく。コーディは狂笑しながらガスタンクの上に立ち、「やったぜ母さん。世界の頂点に立ったぜ」と言いながらタンクに向けて発砲する。コーディもろとも、ガスタンクは爆発する。ラストの科白はファアロンの「コーディ・ジャレット。何もかも吹き飛ばし、世界の頂点に立ったか」である。「こんな科白を警官に言わせてはいかんではないか」という批評もあり、笑ってしまう。

犯罪者たちだけでなく警察内部のことも、ややこしいプロットながら早い展開で多くのエピソードを手際よく、二時間にまとめている。コーディのキャグニイはいつもながらの子供っぽさがこの映画では十二分に発揮されていて、ニューロチックなマザコンぶりが怖い。父親も加えて親子三人が犯罪者であったという設定らしいが、もは

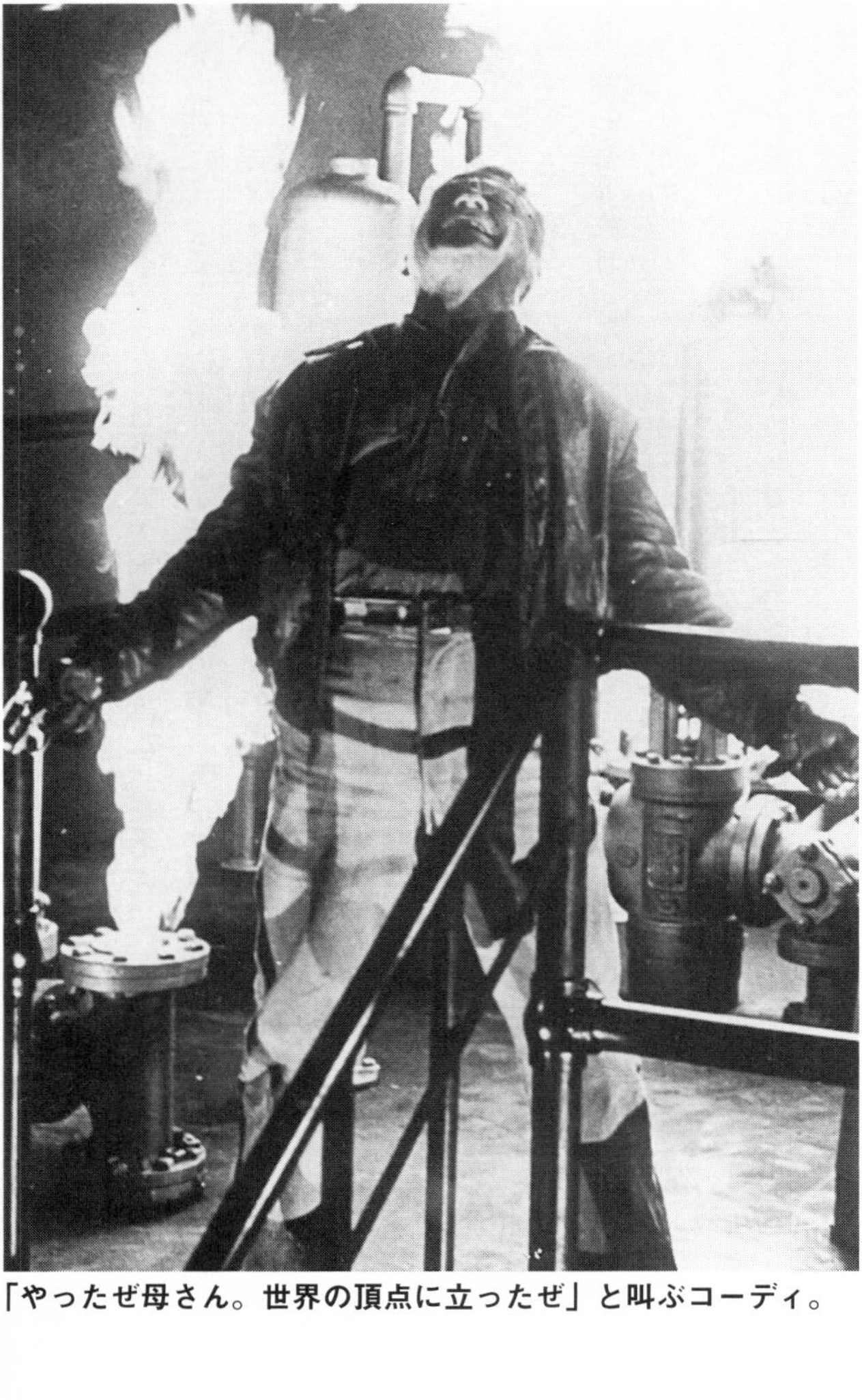
「やったぜ母さん。世界の頂点に立ったぜ」と叫ぶコーディ。

や悪を悪とも思わないその徹底した悪人ぶりをマーガレット・ワイチャーリイもキャグニイもみごとに演じていて、なるほど悪によって結びついた家族というのはこういうものかと納得させられる。つまり家族に対する評価は頭のいい悪事がこなせるかどうかだけなのである。ただ、マーガレット・ワイチャーリイがすでに初老なので、息子の肉体的な支配にまでは到っていない。実はそこが物足りないところだ。

これはどういうことかというと、例えばロジャー・コーマン監督「血まみれギャングママ」*では、ギャング役の四人の息子の母親がまだ五十歳のシェリー・ウインタースであり、肉感的な色気と、それによる迫力で息子たちを性的にも支配している。本来は美人女優であるシェリー・ウインタースであればこそ、「白熱」のマーと違って、女の魅力も兼ね備えた、動物的な、母性愛の強い母親となり得ているのだ。やはり母親が一人前になった息子を支配するには、母乳の匂いのする肉体が必要ではないかと思わされる。

「血まみれギャングママ」は、実在した強盗団の母親、「マ」・ケイト・バーカーを題材にしている。「マ」や「マー」は俗称で、「母ちゃん」。このケイトの生い立ちについては、敬虔なキリスト教徒の一家に生まれたとも、父と兄から性的暴行を受けたとも言われているが、まあ両方の説は相反するものでもあるまい。映画では冒頭、父と兄から受けた性的暴力のせいで自分の産んだ子供たちだけをまるで呪いにかかったように、異常に愛するようになったことになっている。息子たちの名前は実録だと長男ハーマン、次男ロイド、三男アーサー、四男フレッドとなっているが、映画では凶暴性のある長男がハーマンで、次男フレッドが同性愛者、実録から得たのか三男アーサーが異様に信心深いという設定だ。映画ではロイドになっている四男を演じているのがまだ人気の出ない頃のロバート・デ・ニーロであり、これはドラッグ中毒になっていて、湖岸の向こう岸から泳いできた娘を相手にとんでもない怪演をするから面白い。英語で書かれた解説では、出演を決めたシェリー・ウインタースがロジャー・コーマンのキャスト探しを手伝い、ブライアン・デ・パルマの低予算映画に出ていたロバート・デ・ニーロのビデオをコーマンに見せ、使うように説得したのだという。コーマンは悪名高い「マ」・ケイト・バーカー役にはオスカー女優のシェリー・ウインタースしかいないと心に決めていたそうだ。また、推薦されたデ・ニーロも、「彼のキャリアの初期の段階でさえ自分の出演作品に対する献身は明らかで、彼はクルーよりも先にロケ地のアーカンソー州に行ってその地域を見てまわり、アクセントに取り

「血まみれギャングママ」——（写真上）「マ」・ケイト・バーカー（シェリー・ウインタース）。
（写真下）左から次男フレッド（ロバート・ウォルデン）、三男アーサー（クリント・キムブロウ、奥）、四男ロイド（ロバート・デ・ニーロ、手前）、「マ」・ケイト・バーカー、長男ハーマン（ドン・ストラウド）。

組んだ。ニューヨーク生まれのデ・ニーロがとても上手な南部訛《なま》りで話すので、コーマンが他の出演者たちへの方言指導を頼んだ」ほどであったらしい。一家の異常性はフレッドの相手のケビンがケイトとも寝るという歪《ゆが》み方でわかる。フレッドとベッドを共にしているケビンを起こして自分のベッドへ連れていくのだからひどいもんだ。このケビンはブルース・ダーンが演じている。

実録では四人の息子を産んだのち、ケイトは堅気ではあったが失業中の、大酒飲みで生活力のない夫を見限って離婚し、四人の息子を育てている。環境は劣悪であったという。犯罪を繰り返す息子たちを子煩悩なケイトはずっと庇《かば》い続け、あらゆる援助を惜しまなかったと言うが、映画と違って、息子たちの犯罪に直接かかわった証拠はないそうだ。

勿論、映画はさにあらず。犯罪の先頭に立ち、徹底したアナーキーぶりで息子たちを叱咤激励するのだ。銀行強盗の場面などではママがほとんど主役を演じている。ロジャー・コーマンが描きたかったのはこの一家の、犯罪における非人間性と家族関係における異常さである。デ・ニーロのロイドはせっかく見つけてきた娘がママの言いつけで三人の兄に水責めで殺されてしまい、それ以後ますます麻薬依存が激しくなり、ついには死んでしまう。このロイドの死のあたりから自責によるママの狂乱ぶりが激しくなる。

富豪ペンドルバリーを誘拐したあと、一家の結束が乱れ始めて長男ハーマンの反逆もある。そして最後の警察との銃撃戦に至るのだが、美しいシェリー・ウインタースの母親が息子たちと命を共にして銃撃戦をするという何とも言えぬエロティシズムは、一時間半のB級映画ならではのものなのかもしれない。

「陽のあたる場所」では、モンゴメリー・クリフトに殺される哀れな娘を演じたシェリー・ウインタースだが、この頃にはまだ可愛かったにもかかわらず、美女エリザベス・テイラーと比較されてはとても敵わない。そして十一年後の「ロリータ」ではピーター・セラーズと並んで監督スタンリー・キューブリックの期待に応える怪演を見せている。あの怪演が八年後のこの映画の主演につながっているのであろう。最後、次つぎと死んで行く息子たちを悲しみながらの機関銃を抱えての大芝居こそが彼女の真骨頂である。確かに家族愛を描いた映画ではあるのだが、情感の希薄さはどうしようもない。

家族愛というなら、古いところでは一九三九年の*「前科者」というロイド・ベーコ

「前科者」――クリフ（ジョージ・ラフト、右）と、その弟（ウィリアム・ホールデン、左）。

ン監督作品がある。主人公の前科者クリフがジョージ・ラフトで、監獄を出獄し、堅気に戻ろうとするのだが、この手の作品のパターンでいつも周囲の差別のためすぐに解雇されてしまう。クリフの母親になるのがイギリスの名女優でフローラ・ロブソン。イギリス映画では「不思議の国のアリス」のハートの女王だの、「ロミオとジュリエット」のジュリエットの乳母だの、その他アメリカ映画でも重要な役どころで出てくるからご存知の人も多いだろう。母親思いのクリフはこの母と、真面目な弟のためにもなんとかしようとするのだが、どうにもならない。弟ティムを演じているのが若き日のウィリアム・ホールデンである。

この映画は「白熱」と違って、古いギャング映画のパターンで、悪に走るのが社会の無理解や貧困の所為《せい》であることにしてしまっている。ただ、これに加えて家族愛と友情も描いているのでここに取り上げたのだ。いつまでたってもジェーン・ブライアン扮する恋人ペギーと結婚できないティムは、ともすればちょっとした悪事によって金を得ようとする。それが取り返しのつかないことになると知っているクリフはなんとかやめさせようとしてずいぶん激しい殴り合いになったりもする。だからこれは貧しい家庭の兄弟愛を描いた映画でもある。そして後半は刑務所仲間であるハンフリー・ボガートとの友情物語になる。チャックを演じるハンフリー・ボガートはいい役だ。

クリフとチャックは同じ日にシン・シンの監獄を保釈出獄した友達だが、チャックの方はもとからのギャングであり、表向きは仲間とノミ屋をやって盛大に稼いでいる。クリフは弟にガレージの店を出させてやりたいためチャックのところへ仕事を求めてやってくるのだが、無論まともな仕事などあるわけがない。チャックやその仲間と共に四、五件の銀行強盗をやってティムにガレージをやらせるだけの金を稼ぐ。どうやらチャックはクリフのためにこの銀行ギャングを企画したようだ。というのもあとで仲間をこの仕事のために募ったような科白が出てくるからである。クリフの方は弟に車のディーラーをやっているのだと言っている。ティムは車の整備工場を開き、恋人と結婚式をあげる。

クリフは仲間たちに抜けることを告げる。このことは最初からチャックの了解済みで、チャックが皆に話していたのだが、これを仲間への裏切りと思い、反撥《はんぱつ》する仲間たちに対してチャックはクリフを弁護し、かといっておおっぴらに味方もできないので、「好きにしろ」とクリフに対しわざと乱暴な言葉遣いをして「消えな」などと言う。この辺のボガートは実にうまい。と同時にジョージ・ラフトの方も、俳優になる前はナイトクラブでダンサーをやる傍ら、ギャングの大物オウニー・マドゥンの密輸組織や拳銃販売組織で働いていただけあって、このあたりは堂に入った演技を見せる。

チャックの方は仲間を募っていただけあって企んでいた銀行強盗をこなさぬわけにはいかず、予定通りに決行するが、これが失敗。脚に負傷したチャックは逃げる途中、車を運転している仲間にティムのガレージへ逃げ込ませる。巻き込むなと言うテ

（写真上）左からチャック（ハンフリー・ボガート）、モリー（リー・パトリック）、クリフ。
（写真下）左からチャック、レフティ（マーク・ローレンス）、クルーガー（ポール・ケリー）。

ィムに対してチャックは、お前の兄貴も仲間なんだ、捕まってほしくないだろうと言い、ティムは手作りのサイドカーでチャックを情婦モリーのアパートまで送り届ける。だが戻ってきたティムを待っていたのは警官たちだった。彼らはサイドカーの血痕を発見し、口を割らないティムを連行する。

モリーからの電話で彼女のアパートに駆けつけたクリフにチャックはいきさつを話す。お前の弟は二年で出所できるが、おれは二人殺しているから死刑だ、仲間もみな死刑だ、だから密告はやめてくれというチャックに、兄弟愛から犠牲になろうとしているらしい弟を救おうとするクリフはチャックに自首をすすめ、諍《いさか》いとなる。クリフはチャックが取り出した拳銃を取りあげ、それを「ないと困るだろう」と離れた場所に置いていったん立ち去る。家に戻って稼いだ金を母親のベッドに入れ、それとなく別れを惜しむ。ジョージ・ラフトは、フローラ・ロブソンの母と息子のこうした愛情表現の場面で、せっかくのいい相手役を得ながら情感に乏しく、甚《はなは》だよろしくない。

あとのことをすべて片付けてきたクリフはチャックのアパートにとって返し、拳銃を向けているチャックに「自首しようと思うが、おれを撃ってもいいぞ」と言い、チャックは笑って「撃って何になる」と言う。ここで二人がその友情から、もはや心中するつもりであることが暗示され、そこへ仲間たち三人が襲ってきて、たちまち銃撃戦となる。チャックが撃たれ、クリフに「こうなってよかったんだ」と言い残して死に、さらに警官隊がやってきて三つ巴の戦いとなった揚句、クリフも銃弾に倒れ、ギャングたち三人は射殺される。息を引き取る前のクリフの科白は「俺たちは塀の中には戻らん」である。B級ギャング映画をいっぱい撮ってきた職人ロイド・ベーコンによる、まずは定石《じょうせき》通りの科白と結末であろう。しかし多くの作品で共演してきたボガートとラフトの友情がこのシークェンスに凝縮されているようにも見えるのだ。

最後は整備工場の場面。ティムとペギーが看板を見あげる。「テイラー・ブラザースの整備工場」の看板が光っている。あくまで兄弟愛がメインであるとの主張。

ジョージ・ラフトの最後の出演作品は日本未公開作品「ボガートの顔をした男」であり、この時ラフトはすでに七十九歳、ボガートはとうに死んでいたが、ラフトにしてみれば当然友情出演のつもりであったのだろう。この映画は現在ＹｏｕＴｕｂｅで見ることができるものの字幕はない。開始二十分ほどで登場し、総白髪だが若い頃そのままの容貌で恰好良い。殴られ役だが。

＊「白熱（WHITE　HEAT）」一九四九年／ワーナー・ブラザース作品／原案ヴァージニア・ケロッグ／脚本アイヴァン・ゴフ、ベン・ロバーツ／監督ラオール・ウォルシュ／出演ジェームズ・キャグニイ、ヴァージニア・メイヨ、エドモンド・オブライエン、マーガレット・ワイチャーリイ、スティーヴ・コクラン／音楽マックス・スタイナー他／百十四分

＊「いちごブロンド（STRAWBERRY　BLONDE）」一九四一年／ワーナー・ブラザース作品／脚本ジュリアス・J・エプスタイン他／監督ラオール・ウォルシュ／出演ジェームズ・キャグニイ、オリヴィア・デ・ハヴィランド、リタ・ヘイワース、ジャック・カーソン他／九十九分

＊「ヨーク軍曹（SERGEANT　YORK）」一九四一年／ワーナー・ブラザース作品／脚本ハリー・チャンドリー、ジョン・ヒューストン他／監督ハワード・ホークス／音楽マックス・スタイナー／出演ゲイリー・クーパー、ジョーン・レスリー、ウォルター・ブレナン、ワード・ボンド他／百三十四分

＊「死の谷（COLORADO　TERRITORY）」一九四九年／ワーナー・ブラザース作品／原作W・R・バーネット／脚本ジョン・ツイスト他／監督ラオール・ウォルシュ／出演ジョエル・マクリー、ヴァージニア・メイヨ、ドロシー・マローン他／九十四分

＊「ハイ・シェラ（HIGH　SIERRA）」一九四一年／ワーナー・ブラザース作品／原

作W・R・バーネット／脚本ジョン・ヒューストン、W・R・バーネット／監督ラオール・ウォルシュ／製作総指揮ハル・B・ウォリス／出演アイダ・ルピノ、ハンフリー・ボガート、アラン・カーティス、アーサー・ケネディ、ジョーン・レスリー、コーネル・ワイルド他／百分

＊「艦長ホレーショ（CAPTAIN HORATIO HORNBLOWER）」一九五一年／ワーナー・ブラザース作品／カラー／原作と脚本セシル・スコット・フォレスター／監督ラオール・ウォルシュ／出演グレゴリー・ペック、ヴァージニア・メイヨ、スタンリー・ベイカー他／百十七分

＊「血まみれギャングママ（BLOODY MAMA）」一九七〇年／二十世紀FOX作品／カラー／脚本ロバート・ソム／監督ロジャー・コーマン／出演シェリー・ウインタース、パット・ヒングル、ドン・ストラウド、ブルース・ダーン、ロバート・デ・ニーロ他／九十分

＊「陽のあたる場所（A PLACE IN THE SUN）」一九五一年／パラマウント作品／原作セオドア・ドライサー／脚本マイケル・ウィルソン、ハリー・ブラウン／監督ジョージ・スティーヴンス／出演モンゴメリー・クリフト、エリザベス・テイラー、シェリー・ウインタース／音楽フランツ・ワックスマン他／百二十二分

＊「ロリータ（LOLITA）」一九六二年／メトロ・ゴールドウィン・メイヤー作品／カラー／原作と脚本ウラジミール・ナボコフ／監督スタンリー・キューブリック／出演ジェー

ムズ・メイソン、スー・リオン、シェリー・ウインタース、ピーター・セラーズ他／百五十二分

＊「前科者（INVISIBLE STRIPES）」一九三九年／ワーナー・ブラザース作品／製作ハル・B・ウォリス／監督ロイド・ベーコン／出演ジョージ・ラフト、ジェーン・ブライアン、ウィリアム・ホールデン、ハンフリー・ボガート、フローラ・ロブソン他／八十一分

二

ハワード・ホークス監督
「ハタリ！」*の疑似家族

「ハタリ！」――冒頭の犀《さい》の捕獲シーン。

オープニングは巨大な犀を捕獲しようとする場面から始まる。舞台は東アフリカのタンガニーカ（現タンザニア）。ジョン・ウェイン率いるこの一行は野生の獣を捕獲して動物園やサーカスに売るプロフェッショナル集団である。トラックのボンネットに乗って犀を捕らえるためのロープがついた竿《さお》を持っているのはジョン・ウェイン。トラックとは別にもう一台、ジープでも犀を追っているのだが、これを運転しているのがハーディ・クリューガー、助手席にいる初老の男性が懐かしやブルース・キャボットである。

ブルース・キャボット。何と言ってもフェイ・レイと共に主役をつとめた「キング・コング」*で有名になったが、その後は色敵、ギャングの首領又は一の子分、弟の犠牲になって死ぬ役、西部の町のボスなどと、ぱっとしない助演が続く。そうこうするうちにジョン・ウェインが自ら製作し主演した「拳銃無宿」*に出る機会があり、これ以後しばしばジョン・ウェイン作品に出演することとなる。主演クラスの俳優ではなかったが、どことなくボガートを思わせる風貌で悪役にしてはなかなかいい雰囲気を持っていたので好ましい俳優の一人だったのだ。

トラックの荷台にはアフリカ人が四人乗っているのだが、これを運転しているレッド・バトンズは犀を見て「きっとメスだ。逃げ道を決めかねてる」というジョークを放つ。トラックとジープで巨大な犀を追ううち、突っかかってきた犀の角に太腿《ふともも》を突かれてブルース・キャボット役名ビル・ボーンは大怪我をしてしまう。ハーディ・クリューガー役名カート・ミューラーは、運転していた自分の責任だと思い強く自責する。犀の捕獲は中止となり、一行は皆からインディアンと呼ばれているビルを病院に運ぶが、カートだけはファームの宿舎に戻る。草原を走るトラックをバックにしてハワード・ホークス・プレゼンツという字幕に次いで効果音と共に「HATARI！」と大きなタイトル。わくわくする。

ヘンリー・マンシーニの、「野生のエルザ」に似た曲でキャスト、スタッフの字幕が流れる。「脱出」にも出演しているホークスの友人ホーギー・カーマイケル作曲の「JUST FOR TONIGHT」という字幕も出てくる。つまり篇中でこの曲だけはマンシーニの曲ではないのだ。脚本はリイ・ブラケット。われわれにはSF作家として有名だが、ハワード・ホークス作品の多くの脚本も書いている。SF作家エドモンド・ハミルトンの奥さんだ。

ハーディ・クリューガーのカートが宿舎に帰ってくる。皆からボスと呼ばれているブランデーという娘にインディアンの事故を報告し、病院へ連れて行くためだ。ブランデーを演じているのはフランスの美人女優ミッシェル・ジラルドン。カートはこの娘に恋をしているようだ。二人の会話で、以前ブランデーの父親が犀に殺されていたことがわかる。ブランデーはどうやらインディアンをまるで父親のように思っているらしい。みんなそれを知っているので、すぐさま彼女へ報《しら》せにカートを戻らせたのだ。

カートはブランデーと共に病院へやってくる。ここに集まった一同は即ち現在の本当のボスであるジョン・ウェイン、役名はショーン。レッド・バトンズ演じる発明狂のポケッツ。それにカートとブランデー。さらにヴァレンティン・デ・ヴァルガスが演じているメキシコ人のルイスである。この五人がいるところへ同じ待合室にいたジェラール・ブラン演じるフランス青年チップス・モーレイがからんでくる。ボスのショーンに、人手がいるそうだが、と、自分を売り込んでくるのである。どうやらインディアンの後がまを狙っているらしいので、カートが腹を立てていきなり殴りつける。チップスも腹を立てて殴り返そうとする。ショーンが押しとどめて「おれたち全員を相手にするつもりか」と言うとチップスは「そうだ」と言う。どうもホークス好みの喧嘩早い青年たちである。

そこへ医師のサンダーソンがやってくる。サンダーソンを演じているのは監督経験もあるエドワード・フランツ。サンダーソンは一同に、ビルの血液型はABマイナスで、その血液型の人間はここにはいないと言う。RhマイナスのAB型のことであろう。一同が気落ちしているとチップスが笑い出す。彼はまさにその血液型だったのだ。輸血を命令されるのはいやだというチップスにブランデーが「お願いします」と言うが、彼はカートに頼ませたいと言う。カートはしかたなく「頼む」と言う。「横柄な頼み方だな」とチップスは言うが、輸血は承知し、医療室へと消える。

このあたり、ドイツ人青年とフランス人青年の鞘当てという意図が監督にはあったようだ。さらに開巻早早ブルース・キャボットを引っ込ませたのは、どうやらジェラール・ブランの登場を考えてのことであったと推察できるのである。あとでホークスがインタヴューに答えてもいるように、この映画の狙いのひとつが疑似家族によって世界家族を作りたかったのだとも考えられるからだ。

お前たちがここにいるのは困るとサンダーソン医師が言うので、一同はサファリをやる連中の集まっているサファリ・バーへ移動する。結果を待っていると病院からの電話がかかってくる。ポケッツがカウンターの受話器に飛びついて矢継ぎ早の質問。「容態は。苦しんでましたか。順調ですか」そしてショーンに「返事がない」。ショーンが呆れて「君が喋り過ぎるからだ」と受話器を取る。しばらく聞いていたショーンが笑い出し、「酒を欲しがって、看護婦に色目を使ったそうだ」と皆に言う。快癒だ。皆が喜んで祝杯をあげる。

ポケッツを演じているレッド・バトンズはユダヤ系アメリカ人の喜劇俳優である。もともと歌手だったが、テレビの「ザ・レッド・バトンズ・ショー」で人気を得て、ほとんど初出演の映画「サヨナラ」*では助演男優賞をふたつも取っている。この「ハタリ!」ではコメディ・リリーフに甘んじることのない、なかば主役と言ってもよいいい役を与えられてみごとに演じている。この年、彼は「史上最大の作戦」*にも得な役で出演し、当り年であった。落下傘で降下したはいいが尖塔の屋根に引っかかり、地上で行われる大虐殺をただ眼を見はって眺めるだけという、あの記憶に残るシーンで誰もが知っているあの彼である。

サファリ・バーでしこたま飲んだ一同がジープとトラックで帰ってくる。帰途、ホークスの好む出演者全員の歌がある。「ウィスキーよ、ほっといてくれ」などというフォーク・ソングのような歌だが、ここでは珍しくジョン・ウェインまでが歌っている。他のホークス作品だと皆が歌ったり合奏したりするのを慈父の眼でにこにこと見守るだけのジョン・ウェインだが、ここではヴァレンティン・デ・ヴァルガスのルイスが運転するトラックの助手席にいるショーンとポケッツが酔っぱらって合唱しているのである。勿論ルイスに加えて、ジープのカートとブランデーまでが歌っている。シーンの終りではショーンとポケッツが顔寄せあい、三度の和音で歌ったりもする。

ファームの宿舎に帰ってくると、ショーンの部屋のベッドで見知らぬ女性が寝ているのでトラブルになる。この女性を演じているのはイタリア女優のエルザ・マルティネリである。ホークスはカイエ・デュ・シネマ誌のインタヴューに答えて、この役をドイツ人の女性、例えばロミー・シュナイダーのような女優を考えていたのだが、ハーディ・クリューガーがドイツ人なので、イタリア女性のエルザ・マルティネリにしたのだと言う。疑似家族による世界家族を意図したのだという推測はどうやら正しいようだ。エルザ・マルティネリはモデルだったのだが映画に出演してベルリン国際映画祭の女優賞を取ったり、ロジェ・ヴァディムの*「血とバラ」に出演したりと、各国の映画で活躍していた。

エルザの演じるこの女性はA・M・ダレッサンドロという名前のカメラマンで、前以《もっ》てこの日の到着を手紙でファームに報せておいたのだが、その名前からは誰も女性を想像しなかったのだ。ポケッツがベッドに寝ている彼女をショーンと思い込んで話しかけたりした前夜の騒ぎに続いての次の日の朝食の場面でも、ずっとレッド・バトンズの見せ場が続く。全員二日酔いでルイスがアルカセルツァを飲んでいる前で彼だけがカモシカ油で揚げた鱈のミンチのフライを喜んだりするのでカートが呆れる。「怪物だ。あんなに飲んだのに」。そのポケッツですら、昨夜の女性のことを夢だと思っている。そこへブランデーがカメラの機材が入ったバッグを持ってきたので、ショーンが手紙のことを思い出す。

皆がその手紙を読み返していると、エルザ・マルティネリが起きてきて、「わたしがそのダレッサンドロ。ダラスと呼んでいいわ」と自己紹介し、ポケッツとカートも自己紹介する。ダラスはカートがル・マンのカーレースに出たことを知っていて、またこのファームがすべての動物園で有名であることなどを話す。そのあとショーンはダラスに、素人に来られては困るからと撮影を断るが、ダラスは自分のカメラマンと

左からポケッツ（レッド・バトンズ）、ブランデー（ミッシェル・ジラルドン）、ショーン（ジョン・ウェイン）、カート（ハーディ・クリューガー）、ダラス（エルザ・マルティネリ）。

しての腕も見ていないのにと滞在を主張し、ついに切り札を出す。動物園長からの「動物を買いたいので写真を送れ」という手紙である。ショーンはしかたなくダラスを受け入れる。

この日はキリンを捕獲する日で、一同はまたトラックと数台のジープでキリンを追う。ダラスはトラックに乗るが、ショーンが中で座っていろと言うのに、自由に動きたいからと言って荷台に乗り、カメラを構える。いよいよキリンを追い始めるとトラックは跳ねあがり、ダラスは写真どころではなく転がってただ悲鳴をあげるばかりである。

首尾よく小ぶりのキリンを捕獲するのに成功、一同はファームに戻る。ダラスは皆に失態を詫び、帰れと言うならそうすると殊勝に言う。ダラスが去ったあと一同にどうすると聞かれ、ショーンは「勝手に決めろ」と投げやりに言う。

またしてもレッド・バトンズの見せ所である。ダラスが浴槽に浸っているところへ、ファームで飼っているソニヤという名のチータが入ってくる。これを豹だと思ったダラスが悲鳴をあげて立ちあがる。悲鳴を聞いてやってきたポケッツはこの様子を見て内心大喜びだ。椅子を構え、ダラスの足を舐《な》めているソニヤに立ち向かうふりをする。そこへ入ってきたショーンとカートが呆れて「サーカスのつもりか」「恥を知れ」などとポケッツを難じる。騙されたと知ってダラスは怒り、ポケッツにタオルを投げて「もう来ないで」と叫ぶと、ショーンがドアを閉めながら「はい奥様」と言うのは、まさにここから先の疑似家族的展開を暗示しているのだろう。チータを豹と間違えるのは、今ではカメラマンにあるまじきことだが、この時代にはまだチータの存在が一般的ではなかったのである。

その夜、煙草《たばこ》を手にしてテラスを歩いていたダラスは、ソニヤを見かけて隣に座り、話しかけながら恐るおそるソニヤを撫でる。ソニヤはダラスの手を舐める。そこへショーンがやってきて、皆が「居たければかまわない」と言っていることを告げ、「あなたは違うの」とダラスが問い、ショーンは正直に「足手まといだ」と言って去る。ポケッツが居間のパーティからテラスへ出てくるとソニヤは賢明にも座を外してポケッツの席を作ってやる。ポケッツは早速ダラスにあれやこれやと話しかけるがどうせろくな話ではない。しかしルイスが昔闘牛士であったことを話したことをきっかけに、ダラスはショーンのことをいろいろと訊ねはじめる。ここでポケッツはダラスがショーンを好きらしいことやショーンもダラスを憎からず思っているらしいことを悟るのである。ダラスにモーションをかけていたポケッツはここでダラスをあきらめたようだ。以後、誰もダラスに手を出そうとしないのは、ショーンに遠慮してのことであろう。息子たちが親爺の恋人にちょっかいを出さないのは当然だ。

ジョン・ウェインの家父長的キャラクターはホークスの他の作品でも一貫している。この作品でも全員のリーダーであると同時にやや頑固な父親の役割を果たしている。このあと、居間のパーティに戻ったダラスとポケッツ、ピアノの下手なカートに代ってダラスが「スワニー河」をブギで弾きはじめると、ポケッツがハーモニカで

「ユーモレスク」を吹いて合奏するという、ホークスお得意の団欒《だんらん》シーンがあるのだが、ここへショーンが出てきて父親の眼でにこにこしながら全員を見守るのもいつも通りである。ジョン・ウェイン自身は滅多に歌ったりはしない。『ハワード・ホークス映画読本』を書いた山田宏一は「ホークス映画のこうした『ジャム・セッション』のシーンは、映画史上最も幸福感にみちあふれた瞬間だ」と言っている。

サンダーソン医師から無線の電話がかかってきて、ビルに輸血したフランス男のチップスがそっちへ行ったと告げる。だが、なかなかやって来ない。そしてジェラール・ブランが再登場。遅かったのは銃の修理に行っていたからだと言う。銃が撃てるのか、それならカートと腕比べさせようということになり、また全員が車で射撃場に向かう。射撃を競いあったカートとチップスの腕は互角だった。チップスは雇われるが、その前にすることがあると言って彼はカートを殴り倒す。最初に病院で殴られた仕返しだ。そして二人は仲直りをする。乱暴な仲直りだが、このあたりがホークスの作品らしく、これで義兄弟になったということなのであろう。

ここでジェラール・ブランという一般にさほど馴染みのないフランス人俳優について述べておこう。エキストラだった彼を見出したのはジュリアン・デュヴィヴィエ監督で、その後フランソワ・トリュフォーやジャン＝リュック・ゴダールなどヌーベルバーグ系の監督の映画に出たのち、クロード・シャブロル監督の「いとこ同志」*に、ジャン＝クロード・ブリアリと共に主演をした。田舎から出てきた真面目なシャルルという法学を学ぶ若者を好演し、シャルルが身を寄せるパリの遊び人で従兄のポールがジャン＝クロード・ブリアリという適役である。人が良くて、恋人を従兄に奪われた上、最後は弾が入っていない筈の拳銃の引き金を誤って引いてしまった従兄によって殺されてしまうという哀れな役だったが、ラスト、実に強烈な印象を残す作品だった。ジェラール・ブランはその後、ヴィム・ヴェンダースの映画に出演したり、監督をしたりもしている。ある知人に似ているのでよけい親近感がある、照れたような笑顔が忘れられない俳優だ。

さてカートとチップス、義兄弟になったにしてはたちまちブランデーをめぐって恋の鞘当てとなってしまう。一行が今度は投げ縄を使ってのシマウマの捕獲に成功したあと、ファームに戻ってからのことだが、仲良くブチハイエナの世話をしているブランデーとチップスを心配そうに見ているカートにショーンが気分でも悪いのかと話しかける。カートはブランデーとチップスの仲の良い様子をさし、初めて彼女を見た十七歳の頃からはずいぶん大人になっていることをショーンに教え、ショーンも改めて大人になったと驚く。カートはチップスに惑わされてしまわないかという心配と彼女への思いを打ち明け、ショーンは「負けるな」と言って去る。息子ふたりの恋の鞘当てに困る親爺、といったところだ。

カート役のハーディ・クリューガーはドイツ出身の俳優で、それ故ドイツ軍人役で戦争映画に出演することが多く、アメリカはじめヨーロッパ各国の映画で活躍している。印象に残るのは「ハタリ！」の三年後の*「飛べ！フェニックス」における設計技師だろう。サハラ砂漠に不時着してしまった双発双胴機が、乗員たちの努力でふたたび飛び立つまでの物語だが、乗員の設計士ドーフマンは、この機を単発の改造機に作り替えてしまう。味噌はこのドイツ人、実はグライダーしか設計したことがないというので全員が仰天して危ぶんだり、自分がいちばん労働をしているからというので残り少ない飲料水を分け前以上に勝手に飲んだりというワンマン的な人物であるとするキャラクター設定であろう。ジェームズ・スチュアートをはじめ実力派揃いのキャストの中でも、特に印象に残る好演だった。

ビルが帰ってくる。全員が出迎え、担架のビルはチップスにあんたの血で助かったと感謝し、ポケッツがダラスを紹介する。自室のベッドに落ち着いたビルはショーンから留守中のあれこれを聞き、ダラスは誰のものだと訊ねる。ショーンは「彼女はスイスの動物園のものだ」とうまく誤魔化す。ビルはまた、犀の捕獲はもうやめようと言う。ブランデーの父親が死んでいるし、自分も酷い目に遭ったからだと言うのだが、ショーンはこれに対して何も言わないので、これはまた犀を捕まえるシーンがあるぞと匂わせたことになる。ビルはファームにとって、ダラスの父親でもありもののわかった親戚のおじさんでもあり、酒好きで色好みのお爺ちゃんでもある。のちに述べるが、他のホークス作品におけるウォルター・ブレナンの役どころであろう。

今度はブランデーが、テラスでカートにキスしていて、それをチップスが見ているという場面になる。さらにそれをショーンが見ていて、カートがひとりになると「フランス男を出し抜いたな」と言う。あれは女性の肌着をプレゼントしたから、そのお礼の、ただのお義理のキスだとカートが言うと、でもそれをチップスが見ていたぞと教える。このあたり、ふたりの鞘当てを心配しているのか面白がっているのか、はたまた焚《た》きつけているのかよくわからない。

次いでオリックス捕獲のシーン。角の長いこのウシ科のおとなしい動物は難なく捕まえることができる。

そしてそのあとの、またしても全員がラウンジにいる団欒のシーン。怪我をしたビルも加わっている。疑似家族の疑似家庭というこんなシーンをホークスは好んだようだ。それはスタッフの一部も含めたキャスト全員が参加する仕事のあとの打ち上げを思わせたりもする。つまりわれわれから見ればこの金のかかった、道楽仕事とも言える贅沢な大作を作り上げる過程で、奇妙に映画作りのプロセスに酷似した描き方がなされているのだ。実際にも、撮影中の生活はこのようなものだったのではないか。金をいくらでも調達できる一流の監督による、大当たりするのが必然であればこその贅沢であると言えよう。食費特に酒にどれだけ費用が嵩《かさ》んだことかと想像すると溜息が出てしまう。またホークスの大ファンであるフランソワ・トリュフォーによれば、スタッフの中に怪我人が出てスケジュールが狂い、注文された動物を期日までに捕獲するため必死になるというところも映画作りとそっくりなのだそうだ。

ラウンジではそのように、期日に遅れそうな捕獲すべき動物を列記した黒板の前にショーンたちが集まって「次は野牛三頭だ」などと相談している。ビルも車でなら参加できるというので、一行は全員、野牛がたくさんいるサマンジャロへ行くことになる。ショーンがダラスに、この前みたいな赤いシャツはやめろと言うと、ダラスは「昔、牛に追いかけられたことがある」と言う。「逆じゃないのか」とショーンが返す。彼女に追いかけられていると思っているショーンの皮肉だが、こうした軽口からショーンの気持がダラスに傾いていることが暗示されている。

一行が数台の車でサマンジャロへ向かっている途中、ある村で巨大な象が監視員によって射殺された現場に着く。「性悪な象で、人家を襲ったから射殺した」と言う監視員のスタン。そこへ一頭の仔象があらわれる。象は子連れだったのだ。乳離れしていない仔象だから射殺する以外にないとショーンは言うがダラスは反対する。乳はどうする、どうやって飲ませる、と言うショーンに対して、カートが「山羊の乳がある」と言い、チップスが「小麦粉に混ぜればいい」と言い、つまりは皆がダラスの味方をして、ついにはビルまでがダラスに味方する。

キャンプに戻ってから、つれて来た山羊たちが乳搾りのさなかに仔象に怯えて逃げ惑ったり、搾った乳がぶちまけられたりのドタバタが続く。それでも仔象はダラスになつき、彼女は乳を飲ませることに成功。ここでダラスの母性愛が強調される。

夕刻、ブランデーが川で水浴びする間見張りをする者を籤《くじ》引きで選ぶ。ショーンが見張り役となる。その夜、籤引きで当ってもいないのになぜ自ら進んで見張り番に行ったのかとカートに問われてショーンは言う。ブランデーは大人になった、チップスもポケッツもカートも危ないからおれが行った、おれにとってはまだ子供だから。そんならパパ、と、カートが言う。パパだってダラスを見るときの目つきは違うぜ、と、いみじくもショーンをパパと呼んで、ブランデーへの恋を邪魔されたくないためにパパ的に介入するショーンを牽制するのである。そしてショーンはダラスへの心情を自覚させられる。

一方ダラスは、仔象のことでショーンの機嫌を損ねたのではないかと気にしてポケッツに訊ねると、彼はショーンが不機嫌なら有望だと言って去る。そこでダラスはショーンのところへ行く。カートが「パパ、ご用心」と言って去る。話しかけたショーンがいつになく優しいので、ダラスはここで攻勢に出る。何やかやと言いながら結局はショーンに熱烈なキスをするのである。それならとばかり、ショーンもマッチョになってより熱烈なキスを返す。戻って来たポケッツがこれを目撃して唖然とする。何の用だ、と恥ずかしいところを見られて不機嫌なショーン。地元の若者が川岸ででかい豹を見かけたらしいとポケッツが報告する。大物を捜していたところだとショーン。そして次のシーンでは早々に、豹があっけなく罠にかかってしまう。さすがに相手は豹。捕獲するシーンなど危険だから、キャストを交えた撮影などとてもできなかったのだろう。

このあと、野牛の捕獲シーンがあり、その帰途、川の中でジープが動かなくなり、鰐《わに》に襲われそうになったカートをチップスが銃で助けたり、ブランデーが豹の赤ん坊に乳をやる手伝いをしてほしいとカートとチップスに頼んだためまたしてもふたりが小競り合いをしたり、何羽かの駝鳥《だちょう》が逃げ出すドタバタがあったりするが細かいことは省く。続いてダラスが、川で出会ったと言ってまたしても二頭に増えた仔象たちを連れて帰ってくる。仲間にするというので勿論ショーンは大反対。しかしダラスに言い籠められ、勝手にしろと投げ出す。ポケッツたちが見ていて、またやりこめられたと笑う。母親の尻に敷かれている父親を子供たちが笑うわけである。しかし本能的な母性愛で仔象二頭を扱うダラスの慣れた様子にはみな驚き、感心する。男を男とも思わなかったりする男勝りの女性はホークスのお好みなのだが、この映画ではあきらかにエルザ・マルティネリがその役割だ。

夜、ラウンジで踊っているブランデー。録音した曲をかけているのはカート、チップスはタムタムを叩いている。そこへポケッツがやってくるがこの三人の団欒を見てなぜか項垂《うなだ》れ、そっとベランダに出る。ダラスが来て、なぜ皆と一緒じゃないのかと訊ね、困った時は話しなさいと言ってあるでしょ、と、まるきり子供扱いだ。原因はブランデーでしょと言うダラスにいったん、冗談はよせと言ったポケッツは驚いて、なぜわかったと訊ねる。「女の直感よ」「女だって。じゃあなぜ彼女は気づかない」「たぶん知ってるわ」。そしてダンスはできるのかと訊ねる。ポケッツはむろん踊れるし彼らよりうまいと言う。そこでダラスはポケッツとラウンジへ出て、スローでジルバを踊りはじめる。ブランデーが感心してポケッツに上手なのね、と言うので、今よ、とダラスは彼をブランデーに委ねて去る。またしてもレッド・バトンズの見せ場。軽妙にブランデーと踊り、彼女の心を摑む。

ワルーシャ族の一団がやってきて、象の母、ママ・テンボ、つまりダラスに捧げる歌を歌い、踊りを踊る。皆と一緒にこれを見ていたダラスは突然彼らに連れ去られる。全員がワルーシャ族を追って彼らの村に来ると、ダラスは顔を黒く塗られて民族衣装を着せられている。帰ってからも顔料がなかなか取れないので怒り狂っているダラス。ショーンが酒のグラスを持ってきてダラスを宥《なだ》め、彼らは君のことをムバリンバリ、特別な女だと言っていると説明するがダラスの腹立ちはなかなかおさまらない。ショーンが無理やり彼女にキスしているところへ、やってきたポケッツが驚いて持っていた料理を二人の上にぶちまけるというお笑い。

次いでヌーの捕獲。いつも通りの布陣でヌーの群れを追ううち、カートとチップスの乗ったジープが横転、二人は怪我をする。ブランデーが駆けつけるのだが、案外冷静に対処したため、帰途、車中でショーンが「女はわからない」と首を傾げる。ブランデーがふたりのうちのどちらを好きなのだろうと思っていたのだが、あの様子ではどちらもさほど好きではないらしいと言うのである。同乗していたダラスとポケッツは顔を見あわせ、ポケッツはにやにやする。ショーンは一応ブランデーの将来を心配しているようだが、はて、ショーンにとってのブランデーが娘に相当するのか息子の将来の嫁に相当するのか、あるいは親に死なれた可愛い姪っ子なのか。

ブランデーがポケッツに惚れ込んでいることはすぐ明らかになる。木の柵から落ちただけのポケッツを心配して、ブランデーが懸命に介抱するのだ。このことをショーンがカートとチップスに教え、そのさまを見た二人はブランデーをあきらめるのである。

迷い子の仔象がまた一頭増えた。ショーンは呆れ果ててもう何も言わない。ポケッツはダラスに「勝負あった」と言い、彼女は囲いの外までやってきた仔象に「ほら、入りなさい」と言う。

ラウンジのシーン。カートが入ってきて、ポケッツが、ボスの了解済みだからと言って作業場に入れてくれないと言う。何やら猿を大量に獲る機械を作っているらしいのだ。また大発明さと皆で言い、カートが伝票を見て「ポケッツが何を注文したと思う」と言って読みあげる。「ナイロン製のロープ八百四十フィート。飛行機用ケーブル二百六十フィート」等などのあと、「次がすごい。黒色火薬百ポンド。払い下げロケット二十台。発射スイッチが四個」と聞いてショーンは驚き、立ちあがる。「話しあう必要がありそうだ」そしてカートと共に作業場に向かう。作業場と言ってもそれは草葺《くさぶ》きの小屋なのだが、そこから雇っている現地人数人が「ハタリ!」と叫んで逃げ出てくる。続いて爆発音と共に屋根から煙が吹き出し、ロケットが空中に発射される。このシーン、昔見たときはショーンがポケッツに向かって、ケープ・カナベラルがどうこうと言っていたような記憶がある。その後、「ケープ・ケネディ」になり、現在はまた「ケープ・カナベラル」である。

左からカート、ダラス、ショーン、ルイス（ヴァレンティン・デ・ヴァルガス）、ポケッツ。

実験がちゃんと進んでいるらしいことは、「おれは仕掛けるだけだ。捕まえるのはあんたたちだ」とポケッツが猿を捕まえるための装備を皆に要求していることでわかるし、皆が「ポケッツのことだ、へたをすると成功する」とある程度信用していることでも想像できる。ここで大掛かりな猿獲得への期待が高まる。

ポケッツが指揮して何十人もの現地人たちがサバンナモンキーと思える尾の長い小型の猿を一本の木の上に追いあげている。あと二百匹だとか言っているから、もっと集めるつもりらしい。

ラウンジでは全員が顔を保護する鳥籠だの脛当《すねあ》てだのの製作に取り組んでいる。戻って来たポケッツが皆に、明日の朝、五百匹の猿が追いあげられている木に向かって出発すると宣言する。どうやって一本の木に集めたのだというショーンの質問に「ワルーシャ族を雇った。君の煙草二十箱でな」と言い、「明日の朝まで木の上にいる猿が逃げないのか」という質問には「木の下に犬をつないだ。よく吠えるやつらだ」と答える。

朝になり、全員が車で猿のいる木の下までやってくる。ちょっと離れた場所には一基の小型ロケット。ポケッツが点火し、木とは逆の方向に射出されたロケットはつないである網を引っ張りながら弧を描いて飛び、みごとに木全体を覆ってしまう。皆が成功だと言って木に近づく中、ポケッツだけは自分の顔を覆っていてこれを見ていない。木が倒され、全員網の中から猿をつかみ出し、大きなケージに入れる。大きな収穫である。

その夜のラウンジの場面。またしてもレッド・バトンズの見せ場である。ショーンとカートがトランプをしている。それを離れたところからポケッツがじっと見ている。やがてポケッツが立ちあがる。「来たぞ」とカートが言う。「またロケットの話をしてやらなきゃならない」「まあ、そう言うな」とショーン。ポケッツがやってきて座り、ロケットはよかっただろと言う。成功だったと言ってやるとポケッツは泣き顔になり「おれは木に隠れて見なかった。眼を隠してたんだ」と言って、またロケットの話をせがむ。「もう二回も話してやったぞ」と言われても「もう一回してくれ」と言う。ショーンがしかたなくロケットが飛んだ様子を話してやると、「猿は逃げなかったか」と訊く。「五百匹だ」とショーン。「六千ドルだ」とカート。「おれはそれを見なかったんだ」と、また泣き出すポケッツ。さらに「煙はどうだった」と訊き、カートがまた話してやる。コメディの定石でありながらも、レッド・バトンズの芸達者ぶりはすばらしい。全部話し終えても「もう一回」とせがむのである。

ダラスは三頭の仔象を水浴びにつれて行くのだが、ここで流れる「仔象の行進」はマンシーニの傑作。この曲は名曲として独立し、今でもあちこちで聞くことができる。またバケツを手にしたダラスのあとを仔象三頭が慕ってついて行くこの場面はダラスの母性を表現している名場面だ。ショーンはダラスの身を心配し、ライフルを持って彼女たちのあとをつける。水を飲んだり水浴びをしたりする川は他にないから、いろいろな動物たちが集まってくるので危険なのである。

水浴びが終り、一行が帰りかけると突然象の咆哮《ほうこう》が聞こえる。以前この仔象たちのいた群れがうろついているというので、ショーンはダラスや仔象を先に行かせる。仔象たちをつれた雌の象たちがやってきて、自分の子供を取られると思ったらしく、特に大きな雌の象がショーンに近づき威嚇してくる。ショーンがライフルを三発発射すると、さいわいにも群れは退散した。

次が犀の捕獲に再挑戦するシークェンスである。ラウンジで打合せをするさなか、犀で酷い目に遭っているビルが、トラックをもう一台、カート用に買ってやってくれと提案すると、これに皆が賛成する。以前はカートがジープで運転していたため、ビルの大怪我につながったのだ。いよいよ当日、今度は犀を追う二台のトラックの一台にチップスがロープのついた竿を持って乗っている。でかい犀があらわれ、一度は捕獲に失敗するが二度目に成功する。これが一番危険な撮影だったようだ。ジョン・ウェインが犀に突かれそうになるカットが二度あり、思わずあっと声をあげてしまう。

このシーズンの仕事はすべて終り、カートとショーンの会話によって、この集団が毎年動物捕獲のシーズンになると集まるプロ集団であること、来年にはカートとチッ

犀を捕らえたショーンたち。

プスもまた来るであろうこと、つまりほとんど全員がまた揃うであろうことなどがわかる。ここでカートが、ダラスはどうするんだとショーンに質問し、お互い理解に到っていないことをショーンが言うが、カートはダラスがショーンに恋しているのだから、皆と一緒に町へ行くのに誘えと言う。全員が町へ繰り出そうとしていて、ルイスのヴァレンティン・デ・ヴァルガスが見違えるような三つ揃いの紳士服姿で登場するのには笑ってしまう。

ダラスを誘おうとしてポケッツがダラスの部屋にやってくるが、彼女は泣いていて、行かないと言う。ショーンにやけどをさせた女のことを思い出すし、過去の傷を引きずっている彼を見るのがいやだと言うのであるが、このあたり、よくわからない。ラストへ持って行くためのこじつけのようにも見えるし、だいたいこのあたりの描写、ホークスは下手なのだ。気の強い女なら得意なのだが、女性の微妙な感情などはまったく駄目である。ショーンが誘いにくるが、彼女が何を言っているのかわからず、ついに喧嘩になる。ずいぶん無理があり、脚本のブラケットも困っていることがわかる。

翌朝、テーブルについている皆のところへショーンが起きてきて、ダラスが黙って出発したことを皆から教えられる。ポケッツが彼女からの別れの手紙を読み、ショーンは慌てる。そして全員で彼女を追うことになる。ビルには空港と警察へ電話して彼女のことを銀行強盗だと言えなどと言い、ビルはその通りに電話するのだからひどいものだ。全員車で空港のあるアリューシャの町へ向かうが、テンボにも探させようというので仔象を一頭トラックに乗せる。ポケッツが仔象にダラスの残して行った着衣や帽子の匂いを嗅がせたものだから、あとの二頭もトラックのあとを追ってくる。

町までやってきた一行を驚くほどたくさんの現地人が見ているのだが、これはあきらかに映画のロケを見物に来た連中であり、これを堂堂と本篇の中に組み込んでしま

ダラスを追う仔象。

うのだからホークスもずいぶん図図《ずうずう》しい。ショーンたちはテンボがダラスの匂いを嗅ぎつけたと知ってトラックからおろす。ここからはダラス、仔象三頭、ショーンたちの追いかけというドタバタになる。まずは雑貨店にいたダラスをテンボが発見、ダラスが逃げる。あちこちの店を逃げまわるダラスと商品を薙ぎ倒して彼女を追う仔象たち。そしてついに全員がダラスをサファリ・バーに追いつめる。どうしてほっといてくれないのよ、と泣き出すダラス。

最後はよくわからないのだが、現地人たちがファームの宿舎前に集まっているのと、あとのショーンの「彼女と結婚した」という科白があるところから、何らかの祝い事があったのだろうと推測できる。ラストシーンはダラスが登場したシーンの繰り返しだ。ショーンのベッドに寝ているダラス。入ってきたショーンとのやりとりや、やってきたポケッツがダラスをショーンと思い込んで話しかけるなどの繰り返しのギャグは常套的ながらもブラケットの才気があらわれている。ポケッツが部屋から追い出されてショーンとダラスの水入らずの場面、かと思いきやここに仔象三頭が闖入《ちんにゅう》してきてベッドにのぼろうとする。その重みでベッドが陥落するドタバタシーンで約二時間半の映画は終る。ほとんど退屈させないのはたいしたものだ。

ジョン・ウェインはこの時期の他の映画とほとんど同じキャラクター、同じ演技であるが、この人がいないと成り立たない映画でもあり、こういう役者は今はいないという声もあるがその通りだろう。各シークェンスの主役は他の役者にさせて、自分が全体をまとめるという彼の役回りは、まさにこの映画にぴったりなのである。

ハワード・ホークスの活劇映画には必ずこうしたドメスティックな要素が加わっているのが特徴である。以前、三島由紀夫賞の選考委員をやっている時、ある作品を評して「ハワード・ホークス作品みたいなドメスティックな雰囲気が好ましい」と言っ

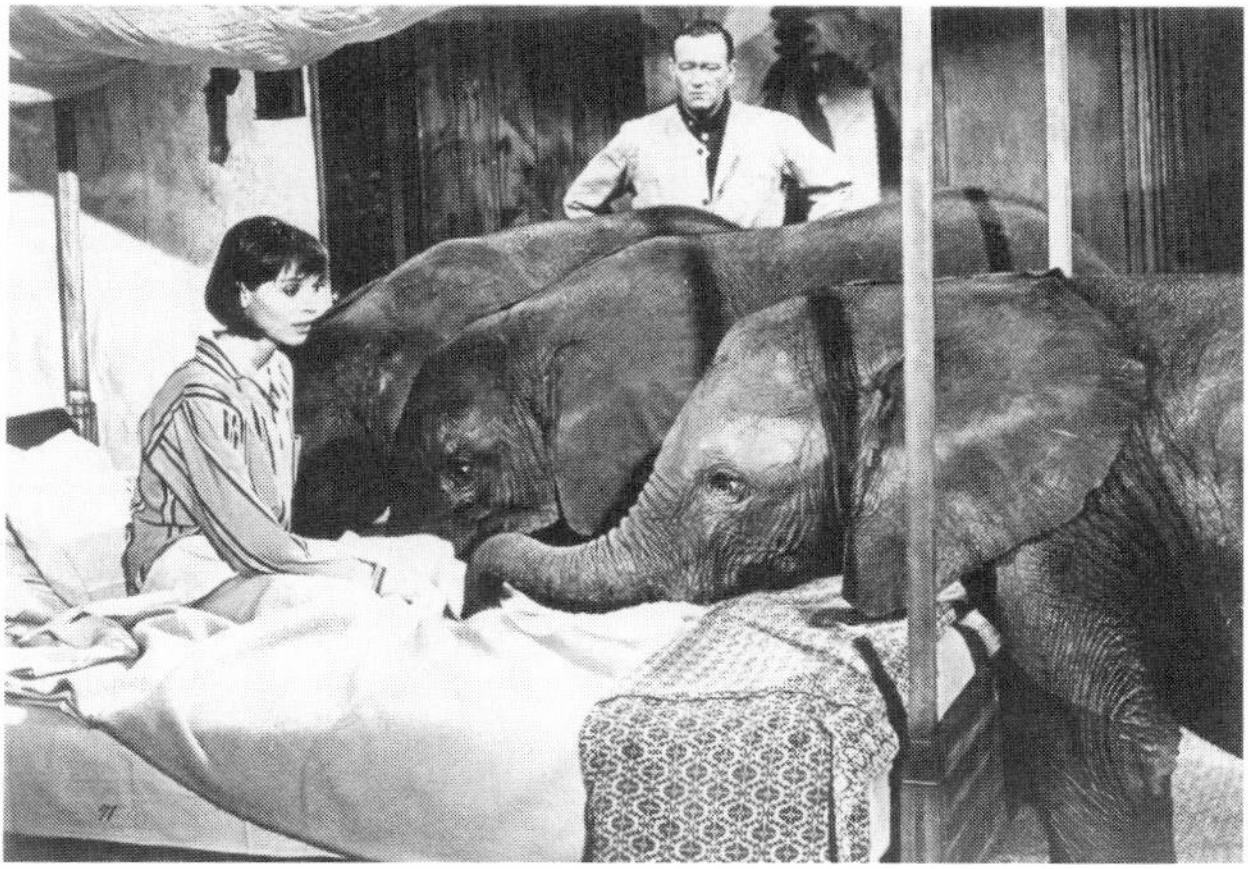

ベッドが陥落するラストシーン。

たところ、石原慎太郎が「ハワード・ホークスって活劇の監督だろう」と言って、彼を単なる活劇の監督としか捉えていないことを知ったのだったが、もちろんホークスは一般にそう思われているような、そんな狭い範疇に収まる監督ではない。蓮實重彥に言わせれば「もう映画そのもの」であって、「映画以外に何もない、ポストモダンそのものだ」とまで言っているのだ。小生はさらに「その上映画のプロであり、最高の技術者でもある」と思っている。思想も主張もなく、そこにあるのはただ観客を楽しませるためのプロの技術者である。そしてできるだけ多くの観客を楽しませるための仕掛けこそが、疑似家族の設定、つまりはドメスティックな雰囲気なのだ。

＊「ハタリ！（HATARI！）」一九六二年／パラマウント作品／カラー／原作ハリー・カーニッツ／脚本リイ・ブラケット／監督ハワード・ホークス／出演ジョン・ウェイン、ハーディ・クリューガー、エルザ・マルティネリ、レッド・バトンズ、ジェラール・ブラン、ブルース・キャボット他／百五十九分

＊「キング・コング（KING KONG）」一九三三年／RKO作品／製作と監督メリアン・C・クーパー、アーネスト・B・シューザック／出演フェイ・レイ、ロバート・アームストロング、ブルース・キャボット他／百分

＊「拳銃無宿（ANGEL AND THE BADMAN）」一九四七年／リパブリック・ピクチャーズ作品／製作ジョン・ウェイン／監督ジェームズ・エドワード・グラント／出演ジョン・ウェイン、ゲイル・ラッセル、ハリー・ケリー、アイリーン・リッチ、ブルース・キャボット他／百分

＊「サヨナラ（SAYONARA）」一九五七年／ワーナー・ブラザース作品／原作ジェームズ・ミッチェナー／監督ジョシュア・ローガン／出演マーロン・ブランド、レッド・バトンズ、ナンシー梅木、ジェームズ・ガーナー、リカルド・モンタルバン他／百四十七分

＊「史上最大の作戦（THE LONGEST DAY）」一九六二年／二十世紀フォックス作品／製作ダリル・F・ザナック／脚本コーネリアス・ライアン他／監督ケン・アナキン

他／出演ジョン・ウェイン、ヘンリー・フォンダ、ロバート・ミッチャム、ショーン・コネリー他／百七十九分

＊「血とバラ（ET MOURIR DE PLAISIR）」一九六〇年／仏伊合作／パラマウント作品／脚本ロジェ・ヴァディム他／監督ロジェ・ヴァディム／出演メル・ファーラー、エルザ・マルティネリ、アネット・ヴァディム他／九十分

＊「いとこ同志（LES COUSINS）」一九五九年／フランス映画／製作と脚本と監督クロード・シャブロル／出演ジェラール・ブラン、ジャン＝クロード・ブリアリ、ジュリエット・メニエル他／百十分

＊「飛べ！フェニックス（THE FLIGHT OF THE PHOENIX）」一九六五年／二十世紀フォックス作品／原作エルストン・トレヴァー／監督ロバート・アルドリッチ／出演ジェームズ・スチュアート、リチャード・アッテンボロー、ハーディ・クリューガー、ピーター・フィンチ、アーネスト・ボーグナイン他／百四十二分

三　ジョン・ヒューストンに始まるボギーの一族

「マルタの鷹」――サム・スペード（ハンフリー・ボガート）とオショネシー（メリー・アスター）。

「マルタの鷹」*はジョン・ヒューストンの初監督作品である。ヒューストンはそれまでに「犯罪博士」*や「ハイ・シェラ」の脚本も書いていて、どちらにもハンフリー・ボガートが出演していた。ヒューストンは特に「ハイ・シェラ」に出た時のボガートがお気に入りだったようで、この時「主演はポール・ムニの予定だったが、うれしいことに彼が蹴り、ハンフリー・ボガートにお鉢がまわった」と自伝に書いている。自伝というのは『王になろうとした男』のことで、宮本高晴の訳で出ているが、以降、ヒューストンやボギー（ボガート）に関してはこの本からの引用が多くなることをお断りしておく。と同時にこの章では、映画における家族ではなく、映画界における本当の家族や疑似家族、さらには一家とか一族とかいった話になる。

ヒューストンは「マルタの鷹」が大当りをし、映画の古典に仲間入りするとは思ってもいなかったらしい。ダシェル・ハメット原作のこの作品はそれまでに二度、映画化されていたが、いずれも駄作だったのだ。脚本家がよくやるように、独自の色を出そうとして原作を歪めていたからだという。さらに「ハイ・シェラ」の時と同じように、主演の話はまずジョージ・ラフトに行ったらしいが、ラフトは新人監督がいやで「ノー」と言ったという。そこでまたしてもボギーが主役の座についたのだった。

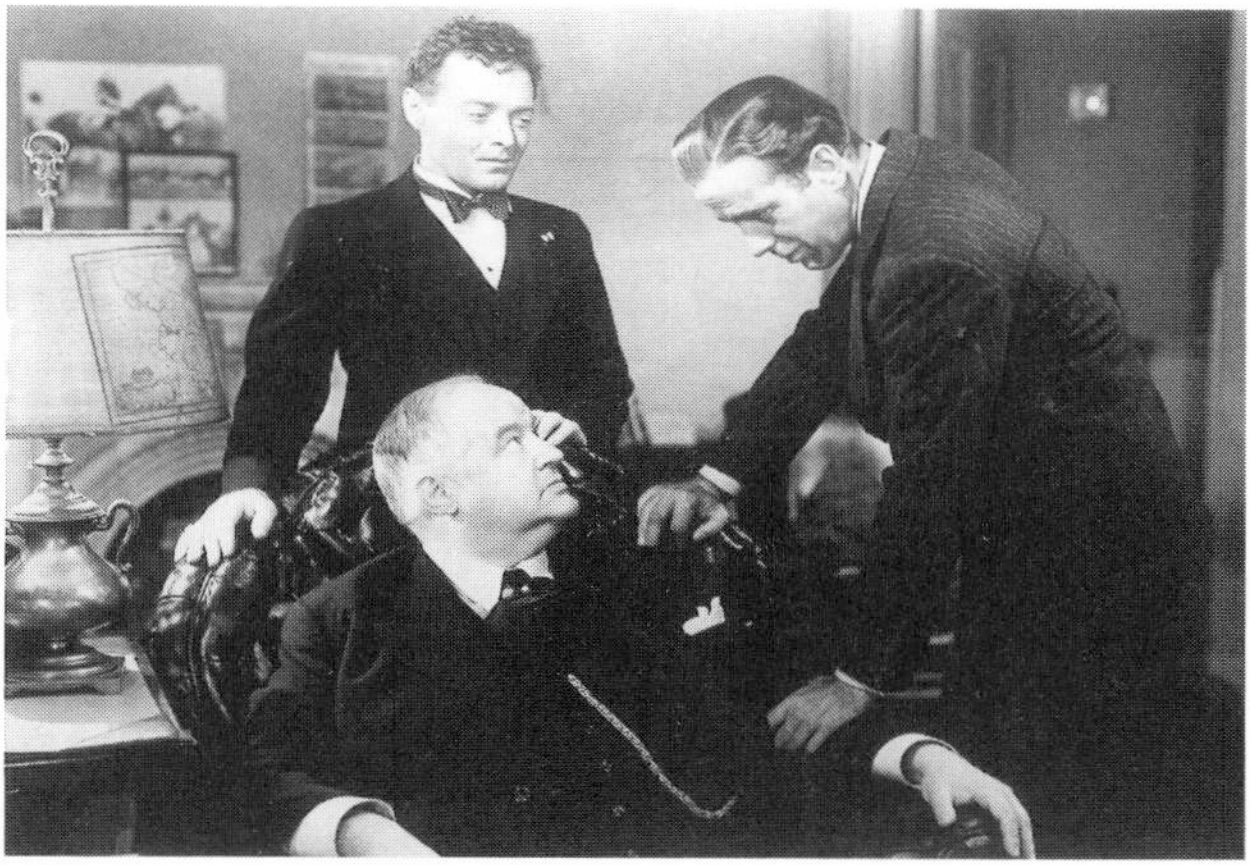

ガットマン（シドニー・グリーンストリート、手前）とジョエル・カイロ（ピーター・ローレ、その後ろ）とサム・スペード。

ヒューストンは、イギリスの舞台俳優でブロードウェイに出ていたシドニー・グリーンストリートを、黄金像・マルタの鷹を奪い合う連中のひとりとして最も重要なガットマン役に選んだ。今となっては、太っちょで正体不明のこの人物はこの俳優以外に考えられない。ボギーがわざと怒ったふりをしてグラスを投げつけ、テーブルの上の食器が割れてもにこにこ笑っているシーンは素晴らしいし、鷹の像の表面をナイフでこそぎ落としても中身の黄金が出てこないので躍起となるシーンの演技も凄い。ヒューストンもまた彼の演技を、監督の役割も忘れて惚れ

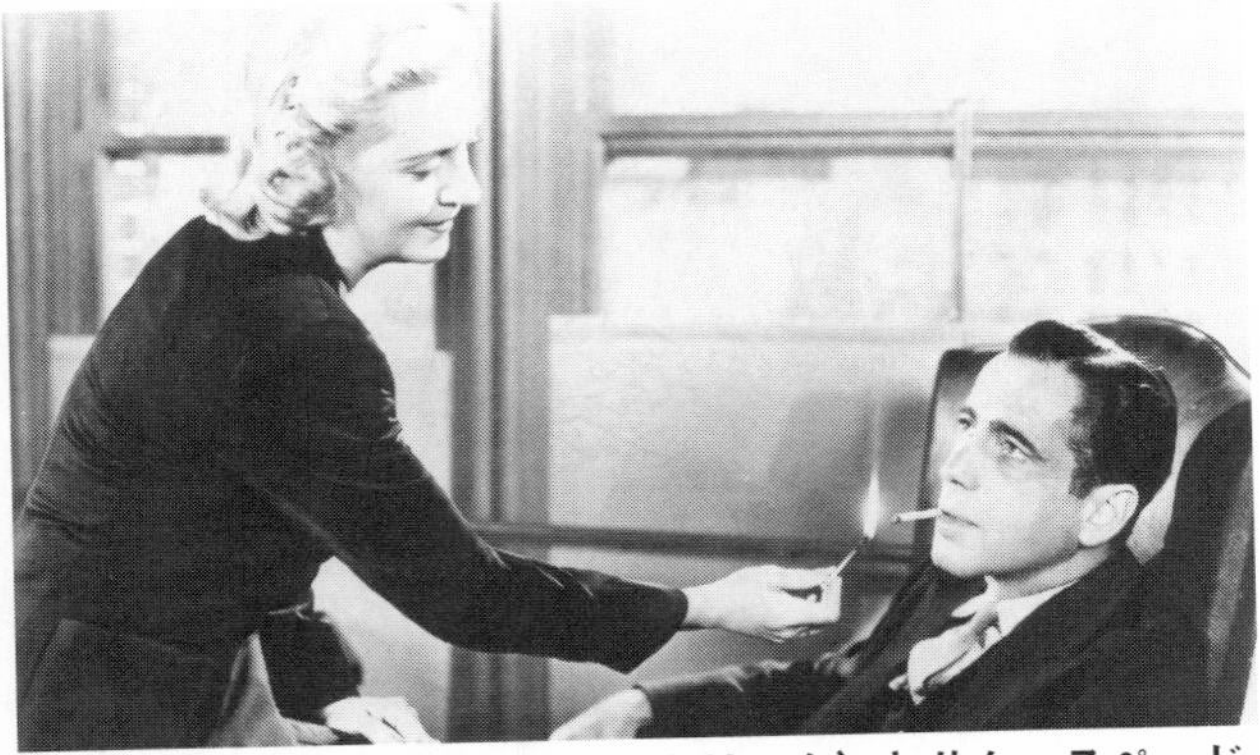

秘書エフィ・ペリン（リー・パトリック）とサム・スペード。

惚れと眺めていたと書いている。映画は初出演で、通常舞台俳優が初めて映画に出ると勝手が違って苦労するのだが、グリーンストリートは筋金入りの役者であり、そんな様子はなかったようだ。

重要な役としては勿論、この騒ぎを最初探偵社「スペード&アーチャー」に持ち込んでくるオショネシーという女性がいる。ヒューストンはこれをメリー・アスターという姥桜《うばざくら》に与えた。美女ではあるものの御歳すでに三十五歳。この頃はやや老け顔だったし、何しろ十四歳でデビューしているから尚更そう思うのかもしれないが、しかしこれだけの年季が入っていないととてもこなせない難役だったのだ。ヒューストンは撮影に入る前から彼女とリハーサルをし、その狡猾《こうかつ》な人物像を作り上げたと言う。「揺れ動き、ためらい、哀願するその声音、これ以上はない率直さで訴えかけてくる眼差しなど、魅惑的な犯罪者を」「一分のスキもなく演じてくれた」と書いている。この年は彼女の当り年だったようで、アカデミー賞助演女優賞を「偉大な嘘」*で取っている。

黄金像を奪おうとする一人、ジョエル・カイロという小男にはピーター・ローレが選ばれた。ドイツ映画、フリッツ・ラング監督の「M」*に主演して注目され、その後イギリス時代のヒッチコック監督作品「暗殺者の家」*に出演したのをきっかけに、ハリウッドへ渡る。ピーター・ローレほど繊細な俳優は見たことがない、とヒューストンは褒《ほ》めている。このカイロはボガート演じる探偵サム・スペードのところへやってきて、黒い鳥つまり黒く塗られたマルタの鷹の彫像を探し出したら五千ドル払うと依頼してきたり、その後スペードの事務所で拳銃を突きつけて脅したりするが簡単に拳銃を奪われ、帰りがけにその拳銃を返されるとまたそれを突きつけたりするというコミカルな男である。常に悲しげな顔をしていて、それでいて欲望を露わにしたりする演技は絶妙だ。

ガットマンの手下で、サム・スペードにいつも出し抜かれているウィルマー・クッ

ジョエル・カイロ（左）とサム・スペード（右）。

クの役に、ヒューストンはブロードウェイの舞台に立っていたエライシャ・クック・Jrをつれてきた。ヒューストンによれば「ハイ・シエラ山中に一人で生活し、毛針を作って虹鱒《にじます》を釣っていた」らしいのだが、これは彼の副業だか趣味だかを面白おかしく書いたようだ。役名と同じクックという俳優はその後、*「シェーン」でジャック・パランスにあっさりと殺されてしまう鼻っ柱の強い農夫だの、*「現金《げんなま》に体を張れ」で嫉妬から妻を射殺する女女しいちんぴらだのでわれわれに忘れられない記憶を残し

左からスペード、カイロ、オショネシー、ガットマン。

た。「マルタの鷹」の出演者の中では最も長く生き残った役者で、いつも馬鹿にされていた恨みから倒れているボギーの顔を靴の先で蹴飛ばすというシーンは強烈だった。

ワード・ボンドはトムという警察官役で出ている。この人は古くからクレジットなしの脇役でずいぶんいろんな映画に出ていたが、この年あたりからクレジット・タイトルに名前が出るようになった。ボギーとは何度も共演しているからツーカーの仲であったろう。

ジョン・ヒューストンの本当の父親であるウォルター・ヒューストンも、クレジットなしで出演している。今ならさしずめカメオ出演といったところだろうが、この頃には特別出演という言い方しかなかった。マルタの鷹を運んできたラ・パロマ号の船長の役で、オショネシーと組んでいたこの船長が彫像を持って逃げたため、クックに撃たれ、瀕死の重傷でスペードの事務所にたどり着き、死んでしまうというワンシーンだけの登場だ。つまり事務所に倒れこんできて死ぬというだけ。この時ジョンとウォルターの間でどんなことが話し合われたのかは書かれていない。ただジョンにしてみれば、名優の誉れ高い父親にこれだけではなく、いずれはそれなりの役をと考えていたのではなかっただろうか。七年後の「黄金」*ではボギーにならぶ主演者としてハワードという役をやらせ、これによってウォルターはアカデミー賞とゴールデングローブ賞の助演男優賞を取っているが、それは後の話。

羨ましいのはこの時、夜毎の団欒があったのだ。通常は一日の撮影が終わればみなそれぞれの行動をとるがこの映画の時は違っていて、ジョンは新人監督でありながら役者たちの信望を得ていたらしく、連日撮影のあとは気の合う者がレークサイド・カントリー・クラブという場所に集まって飲食を共にし、楽しくやったという。その主なメンバーはジョンとボギーを中心にメリー・アスター、ピーター・ローレ、ワード・ボンドであったというから素晴らしい。全員が家族のようであったことだろう。みな長年脇役などで苦労してきたベテランばかりなのだ。どんな話がなされたのか、いかなる議論があったのか。聞きたかったと思うがその時おれはまだ国民学校一年生。

この「マルタの鷹」の成功でボギーは一躍主演級のスターに仲間入りし、翌年にはマイケル・カーティス監督の*「カサブランカ」でイングリッド・バーグマンと共演し、アカデミー賞主演男優賞にノミネートされている。この映画にも「マルタの鷹」の影響があってなのか、マイケル・カーティス監督はピーター・ローレとシドニー・グリーンストリートに出番の少ない役を与えている。

一方、「マルタの鷹」が成功したというので、ヒューストンはやはり一年後、彼の考えではその続篇というつもりで、しかし実際には続篇でも何でもなく、ただカメラ、美術、音楽が同じスタッフ、そして出演者にはボギーの他にメリー・アスター、そしてここでもシドニー・グリーンストリートというヒューストン＝ボギー一族とでも言うべき俳優たちを再び招集したというだけの*「太平洋を越えて」という作品を撮っている。太平洋戦争を予言したというので後に話題になったが、公開当時は次に書くようないきさつがあり、なんの評判にもならなかった。

予言というのは、日本軍がパナマ運河を標的にして奇襲をかけようとしている話だったからである。この映画の撮影の終盤、ボガートが大物のスパイ、シドニー・グリーンストリートの策略で日本軍の捕虜となり、運河の近くの一軒家に閉じ込められている場面の収録中、ヒューストンは陸軍通信隊に召集された。ひどいのは、ヒューストンがそのまま応召してしまったことである。ヒューストンによれば彼は後任の監督のためにさらに状況を厳しいものにしたと言う。つまりボギーを椅子に縛りつけ大勢の日本兵を監視にあたらせた上、窓という窓に機銃を持った歩哨を立たせて蟻の這い出る隙間もないようにした。そのあとでジャック・ワーナーに電話をし、軍の仕事でワシントンに行ってくるが、脱出方法はボギーが考え出すさと言い置いて去ったのである。

取り残された撮影を監督したのはヴィンセント・シャーマンだった。彼は日本兵の一人が突如錯乱状態になるという解決策をひねり出した。混乱に乗じて逃げ出したボギーが言う。「オレは簡単には捕まらないんだぜ!」。ヒューストンは、「残念ながら、それを境にこの映画は荒唐無稽の領域に入りこんでいった」と書いている。要するに失敗作だったのである。のちにボギーが慰問旅行でナポリに来てジョンと再会した時、この一件を忘れていなかったボギーは言った。「ジョン、この野郎、椅子に縛りつけたままどこかに行きやがって！」

と、ここまで書いて困ったことが起こってしまった。あとがきでも書くつもりだが、この原稿を推敲し、DVDもチェックしてくれていた嫁の筒井智子が、気になったのでこの映画をロシアの無料動画サイトで見たところ、そんな場面がないと判明したのである。つまり参考にしていたヒューストンの自伝『王になろうとした男』の記述が出たらめであることがわかったのだ。現在「パナマの死角」というタイトルで売られているこの映画のDVDを取り寄せて確認したところ、やはりそんな場面はない。もしかするとヴィンセント・シャーマンによって撮り直されたのかもしれない。なぜジョンがそんな出たらめを書いたのかは不明である。

一方「カサブランカ」は大当りをした。ワーナー最大のヒット作だった。しかしこれもいささか「マルタの鷹」に似ているところだが、これを撮ったマイケル・カーティスはじめ、関係者の誰もがこれが後世、映画史に残る傑作になるとは思ってもいなかったらしい。クランクインまで脚本は完成していず、最後、バーグマンはボギーと

「カサブランカ」——左からラズロ（ポール・ヘンリード）、イルザ（イングリッド・バーグマン）、リック（ハンフリー・ボガート）。

ポール・ヘンリードのどちらと結ばれるのかも監督すら知らなかったらしい。しかたなくふた通りのラストシーンを撮り、あきらかに上出来と思える方を選んだというのだからひどいものだ。マイケル・カーティスのような職人だからできたことだったろう。カーティスとはまったく肌の合わなかった芸術至上主義のバーグマンに至っては、この映画を長い間失敗作だと断じていたらしい。

この映画の偶然ともいえる成功にもし原因があるとすれば、出演者たちの出自に何か関係があるのかもしれない。ご存知のようにこの映画は反枢軸国映画であり、反ファシズム映画であり、反ドイツ映画であった。そもそも監督のカーティスがユダヤ系ハンガリー人で、俳優もスウェーデン出身のバーグマンの他、敵国ドイツやその占領地出身の俳優も多く起用され、ドイツ出身のコンラート・ファイト、撮影当時はドイツ側だったハンガリー出身のピーター・ローレ、撮影当時はドイツ領オーストリア出身のポール・ヘンリードがいた。このような撮影環境があるいはこんな傑作を生んだのかもしれないとも思いはするが、しかしできた作品は製作者ハル・B・ウォリスの目論見通り、大甘のラヴ・ロマンスに仕上がっている。しかしそんな経緯には関係なく、この作品はアカデミー賞の作品賞、監督賞、脚色賞の三賞に輝いているのだ。まったく映画というものはわからない。それにしてもコンラート・ファイトとは凄い役者をつれてきたなあ。「カリガリ博士」*で眠り男を演じたサイレント時代の名優ではないか。この映画が彼の最後の出演作となり、彼は翌年死ぬ。まだ元気だったようで、ゴルフ中に心臓発作を起こしたのだ。

この「カサブランカ」の成功に刺激されて「脱出」*が撮られたという説があり、なるほどと頷ける。「カサブランカ」では飛行機でモロッコから脱出するが、「脱出」の方は船である、などと類似を指摘する声もあるが、なんといっても主演者ボガートを皆が求めたのだ。監督はハワード・ホークスで、製作意図を充分承知していながら、さすがに職人のホークス、何のこだわりもなくそれに応えたのだった。

「脱出」とボギーに関しては、ローレン・バコールの自伝『私一人』（山田宏一・訳）に詳しく書かれているので、そこからの引用が多くなることをお断りしておく。ローレン・バコールは本名ベティ・バーカル。ヒューストンもホークスもボギーも、キャサリン・ヘプバーンをはじめ他の人たちも皆彼女のことをベティと呼んでいるので、今後は彼女のことをベティと書くことにする。「ハーパーズ・バザー」の表紙などにモデルとして出ていた彼女を見出し、「脱出」に主演女優として抜擢したのはハワード・ホークスである。そしてご存知の通りこの映画の撮影終了後に彼女はボギーと結婚するのだが、実際にボギーと会うまで彼女は彼のことを何も知らず、彼女の最初の相手役としてホークスが考えているのはケーリー・グラントかハンフリー・ボガートであると聞いて彼女はこう思ったそうだ。「ケイリー・グラント――素敵！　ハンフリー・ボガート――いやだあ！」

ハワード・ホークスの交際範囲は広く、その中には作曲家でピアニストのホーギー・カーマイケルや大文豪のアーネスト・ヘミングウェイがいて、ホーギーはホークスに請われて「脱出」で映画出演を果たし、ホークスは狩猟、射撃、釣りなどの男性的ゲームを共に楽しんでいたパパ・ヘミングウェイの『持つ者と持たざる者』原題「TO HAVE AND HAVE NOT」を日本題名「脱出」として撮ることになる。この時脚本を手伝ったのがヘミングウェイに並ぶアメリカのもう一人の文豪ウィリアム・フォークナーだった。ベティによれば彼とホークスは一緒に狩りをしたこともある昔からの友人で、常に金に困っていたフォークナーのために映画の仕事を与えてやっていたのだという。ただフォークナーは人見知りが激しいのでセットに来ることはなく、ベティが初めて会ったのはホークスのオフィスだったという。「白髪まじりの、口髭を生やした魅力的な男性」だったとも書いている。このフォークナーとジュールス・ファースマンによって「脱出」のあの有名な科白「わたしに用があったら口笛を吹いて」が書かれたのだが、山田宏一によれば、実は用があったらというのは「IF YOU WANT ME」で、そのものずばり「あたしが欲しかったら」という意味なのだが、当時の激しい検閲の下で露骨な表現を禁じられたライターたちが生み出した「最も洗練された台詞」として知られているそうだ。

ベティがホークスにつれられて初めてボギーに会ったのは、ボギーが出演している

「渡洋爆撃隊」[*]のセットだった。この映画は「カサブランカ」とほとんど同じスタッフ、キャストで作られた自由フランス激励映画で、マイケル・カーティスが監督し、ボギーの一族であるシドニー・グリーンストリート、ピーター・ローレの他、「カサブランカ」でもボギーと共演したクロード・レインズも出演している。セットでボギーに紹介されたベティは「はじめまして」の挨拶だけで「雷の一撃もなく、稲妻の閃光もなく」「これといった話もしなかった」「しかし、彼はとても親しみのある男性に思えた」と書いている。

「脱出」ではホークス一家とも呼ぶべき出演者が並んだ。ボギーをはじめ新人のベティ、そしてホーギー、さらにはこの映画で最も重要な役を演じる、ホークスの古くからの相棒ウォルター・ブレナンである。この古い性格俳優の存在によって「脱出」は疑似家族の雰囲気を醸し出すことができたのだ。老いぼれ悪党と呼ばれる飲んだくれの役を探していたホークスに「ぴったりのやつを知っていますよ」と撮影所員が教えたその男こそが彼だった。すっかりブレナンを気に入ったホークスは以後、二十数年にわたり彼を使い続けることになる。「脱出」の字幕の配役序列ではもはやボギーの次はローレン・バコールではなく、ウォルター・ブレナンなのだ。

「脱出」の設定は「カサブランカ」そっくりである。カサブランカに代って舞台は西インド諸島にあるマルティニーク島のフォール＝ド＝フランスだ。ここはフランス領なのだがフランスがナチス・ドイツに負けて以来、ヴィシー政権下にあった。ここでボギー演じるハリー・モーガンは釣り船の船長として気ままに暮らしていて、その老いぼれた相棒の船員エディがブレナンである。このエディとハリーの関係が面白い。下手糞な釣り客のジョンソンがケースで買ったビールを片っ端から飲んで、海上ではぐうぐう寝て、ジョンソンがカジキを逃がすたびに「運が悪かった」というエディにジョンソンが腹を立てて殴る。ハリーがエディを庇うので「なんであんな男の面倒を見るんだ」と詰るジョンソンにハリーは言う。「おれが面倒を見られてるんだ」。ハリーにとってエディは、飲んだくれだがいざという時には頼りになる老父でもあり、ぐうたらだが庇ってやるべき古女房でもあるのだ。このおしゃべりなエディの口癖は「死んだ蜂に刺されたことがあるかね」というもので、これは何回か繰り返される。釣り船のこのくだりは原作をほぼ踏襲しているのだが、原作ではハリー・モーガンは妻子持ちである。

映画の方のハリーは独身で、客のジョンソンと共にマーキーホテルに泊っていて、ここを住居にしている。自室に戻ろうとするハリーにホテルのオーナーでヴィシー政権に対抗する勢力のこの地方の指導者ジェラールが、ド・ゴール派のレジスタンスであるポール・ビュルサックたちを密航させてやってくれと頼む。不偏不党のハリーはこれをきっぱりと断る。この時飛行機で着いたばかりのアメリカ美人マリーがマッチを借りにやってきて、「マッチある?」というベティの最初の科白になり、ボギーがマッチを投げ、このやりとりが何度か繰り返されることになるのだが、ハリーとマリーはなんとなく知り合いのように見える。勿論原作にはこんな女は出てこない。マリーはハリーの妻の名である。

「カサブランカ」における黒人ピアニストのサムに相当するのが、このホテルのレストラン・ラウンジでピアノを弾いているホーギー・カーマイケルのクリッケットである。そのレストラン・ラウンジでハリーが食事をしている。いつの間に知り合ったのか、マリーもジョンソンのテーブルで飲んでいる。ジョンソンがからだを触りにくるのが厭《いや》でマリーは立ち上がってピアノの横に立つ。クリッケットがピアノを弾きながら歌っているジャズのナンバー「AM　I　BLUE?」に、ちょっとからんでベティが低音で歌うのがとてもいい。このあと、ジョンソンがまた戻ると言い置いて立ち去ると、クリッケットは「ヒンダスタン」を弾きはじめ、マリーはいったん部屋に戻ろうとする。彼女を追ったハリーはマリーを呼び止めて自室に連れ込む。ハリーはマリーがスリムという綽名《あだな》の掏摸《すり》だと知っていたし、マリーもまたハリーのスティーヴという別名を知っている。つまりお互い顔見知りの間柄だったのだ。そしてマリーはジョンソンから彼の財布を掏《す》っていた。そこへレジスタンスの連中がジェラールと一緒にやってきて船を出すようにまた頼むのだが、さらにエディまでが酒代を貰いにやってくる。この辺、部屋の中でごたごたする筈の、ホークスの人物処理が素晴らしい。

場面はまたラウンジに戻る。ハリー、マリー、ジョンソンが財布のことで話し合っていると、ホテルを出ようとするレジスタンスの連中に、待ち伏せていたらしいゲシュタポの私服警官たちがマシンガンを浴びせかける。一人は倒れるがあとの連中は車で逃げてしまう。この時ジョンソンは流れ弾に当たって死んでしまう。騒ぎが終るとクリッケットはスコット・ジョプリンの曲を派手に弾いて座の賑わいを取り戻そうとするが、すぐ足もとに倒れているジョンソンに気がついて、こういう場面での定石通り急にランゲの「花の歌」を弾きはじめる。ハリーがクリッケットに「やめろ」と言う。どうやらハリーが兄貴分でクリッケットはやんちゃな弟分といったところらしい。ホーギーの演技はキートンを思わせる無表情に終始していて面白い。またマリーの魅力というのも、あとでハリーとのラヴシーンはあるものの、女らしさよりも不良少女としての魅力が勝っていて、これもまたハリーのやんちゃな妹分なのだろう。

それからハリーとマリーがゲシュタポに取り調べられ、ハリーは金をすべて取られ、マリーは警官の一人に頬をぶたれ、二人で酒場へ行ったものの金がなく、ハリーが認めたのでマリーがその店で兵隊から金を掏り、ホテルへ戻ってから二人のやりとりがあり、クリッケットが作曲中だというピアノ演奏があり、ハリーがマリーのために用立ててやったアメリカへ帰るための飛行機代を渡したり何やかやがあって、結局ゲシュタポのやり方が腹に据えかねたハリーはレジスタンスの連中のために船を出すことを決意した。出港の準備をしているハリーのところへエディがやってくる。ついて行きたいエディ。エディを危険な目に遭わせたくないハリー。ここでのふたりのやりとりが面白い。このやりとりは原作のこの場面に相当する部分をほぼそのまま踏襲している。

「出港だろ」とエディ。「帰れ。下りろ」というハリー。エディは「どうしたって言うんだ」と言って下りようとしない。ハリーはエディの頬を打つ。「あんまりだ」というエディに「今日はつれて行けない」とハリーは言う。「なぜ殴った」「手っ取り早い」「ひどいよ」「母親を裏切ったお前はどうなんだ」「ありゃ冗談だ」。このあたりはまるで痴話喧嘩のようだ。行きかけるエディに、ハリーは五ドル紙幣を渡す。それまでは小額の貨幣だったのだ。「やっぱりお前は親友だよ」と言ってからエディは不思議そうに「なぜ一人で行くんだ」と訊ねる。「邪魔だからだ」「よくそんなことを」と言って、エディは去りながら言う。「すぐおれが恋しくなるさ」。去って行くエディを見送るハリー。エディの歩き方は原作によれば「奴はまるで、関節が逆になっちまったみたいな、妙な歩きっぷりだった」と書かれているが、ブレナンはこれを実に巧妙に演じている。

ここも原作通りだが、結局エディはこっそりと船に乗り込んでいた。「泳いで帰らせたいところだが」とハリーは言うが、「いつも二人で難局を乗り切っただろう」とエディ。「なぜ難局と?」とハリーが問うと「おれをだませるもんか」とエディ。「撃たれるぞ」と言っても「おれが銃で? 誰に?」と問い返すばかりだ。しつっこく「どこへ行って何をする気だ」と訊ねるのである。「とりあえず釣りの用意だ」とご

「脱出」——左からジェラール（マルセル・ダリオ）、エディ（ウォルター・ブレナン）、ハリー（ハンフリー・ボガート）、マリー（ローレン・バコール）。

まかすハリー。次のシーンではエディが舵をとり、ハリーは銃の手入れをしている。「おれの言葉にはちっとも耳を貸さないで」とぼやきながらも、ここでやっとエディにもハリーが自分を殴った事情がわかってくる。「危険だからか。おれを心配してくれたんだな」と、やっと気が晴れたエディ。

話をすっ飛ばして書くと、ハリーたちは近くの小島からポール・ビュルサックとその妻エレーヌを救い出して船に乗せる。ところがマルティニーク島に戻る途中ヴィシー側の警備艇に見咎められ、ハリーはその警備艇の照明灯を撃って難を逃れたが、ポールが肩を負傷した。ホテルに戻ったハリーはホテルの地下室でポールの肩から銃弾を抜き取る手術をしてやる。マリーがそれを手伝ったりエレーヌが失神したり、それまでの間にもクリッケットが一曲弾いたりマリーが男性カルテットと一緒に格好よくちょっとだけ歌ったり、エディが秘密警察の連中に酒を飲まされて喋らされるというハラハラする場面があったり、この辺からラス

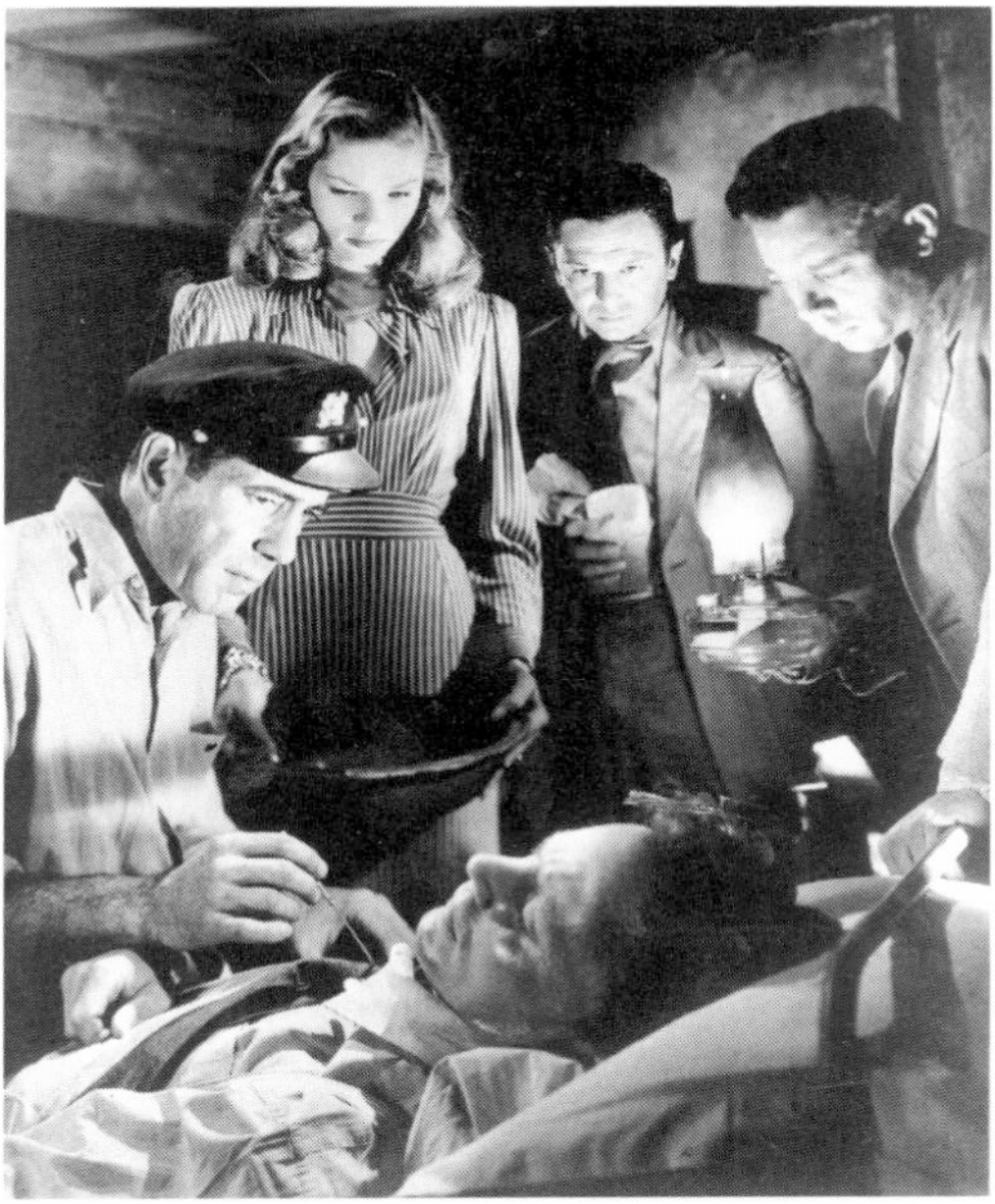
ポール・ビュルサック（ウォルター・モルナー、手前）、左からハリー、マリー、ジェラール、ド・ゴール派の青年（ジョルジュ・スザンヌ）。

トに向けては大きく盛りあがる。マリーは結局アメリカへの飛行機には乗らず、ホテルのラウンジで歌を歌うことにしたのだった。ここで彼女の歌うホーギー自身の作曲した「HOW　LITTLE　WE　KNOW」が素晴らしい。最初は吹き替えにする筈だったのだがベティ自身が歌ってしまったのだという。

ハリーは危機が迫っているのを感じ、マリーに旅立つ準備を急がせる。そこへ太っちょのルナール警視はじめゲシュタポの連中がやってきて、ビュルサック夫妻がどこにいるか教えろと言う。ルナールの口ぶりでハリーは、しばらく前から姿を消していたエディが人質になっていると知る。山田宏一はこの緊迫した場面ではそれまでのハリーとマリーの「煙草とマッチのやりとりの儀式」が繰り返されることによって難を逃れると書いている。つまり一番危険そうなのっぽの護衛が、何を聞いても絶対に答えないと知っていながらわざと「煙草はあるかね」と訊き、案の定何も答えないのでマリーに「机の抽出《ひきだ》しに煙草がある筈だ」と言う。マリー、机の抽出しをあける。中には拳銃。マリーはいつものように煙草をハリーに抛《ほう》る。ハリー、煙草を咥《くわ》えながら「マッチがないな」と呟きながら机に寄り、抽出しに手を入れて拳銃をぶっぱなし、まずのっぽの護衛を倒す。

かくして有利に立ったハリーは拳銃で警官たちを脅し、ルナールにエディの放免状を書かせるのだ。無事に帰ってきたエディと三人でホテルを出て行くのがこの映画のラストシーン。マリーはクリッケットにお別れを言ってから、「ザ・ルック（まなざし）」と呼ばれるようになったあの魅力的なうわ目遣いで腰をコケティッシュに振りながらハリーに近寄り、一緒にホテルを出る。その後を、踊るような足取りでエディが追う。見送るクリッケット。フェイド・アウト。エンドマーク。何度見ても素晴らしいラストだ。

この映画と原作は、今までに指摘した部分を除いてほとんど似たところはない。原作ではハリー・モーガンは機銃戦で撃たれて死んでしまう。しかしハワード・ホークスの作品で悲劇に終わるものはほとんどない。それこそがホークスの映画なのだ。噂だが、ホークスは「ヘミングウェイの一番の失敗作を一番面白い映画にしてやる」と豪語していたらしい。彼にとってはヘミングウェイもフォークナーもただの友人に過ぎなかった。実際にも「脱出」は大成功をおさめ、ベティは評判になって名女優に名を連ねる。そこでホークスは次にレイモンド・チャンドラー原作「大いなる眠り」を「三つ数えろ」*として映画化することになる。これとて「マルタの鷹」の大成功に便

「三つ数えろ」――左からアート・ハック（トレヴァー・バーデット）、フィリップ・マーロウ（ハンフリー・ボガート）、ラッシュ・カニーノ（ボブ・スティール）。

乗して作られたハードボイルド作品なのだが、「脱出」の時と同様ホークスは二番煎じと言われることなど気にもとめず、独自の娯楽作品を生み出している。

「三つ数えろ」の主演はもちろんボギーとベティである。そしてこの作品からフォークナーとファースマンに加えて、第二章「ハタリ！」で紹介したリイ・ブラケットが脚本に名を連ねている。彼女はここからホークスの一族になり、五本もの脚本を書いた。「ハタリ！」の時のエルザ・マルティネリと同様、ホークスも最初リイ・ブラケットを男性だと思っていたらしい。フォークナーが脚本のための相棒を欲しがっていたので彼女を雇ったのだった。

この映画に関して書いておくべきことは、「マルタの鷹」に出たボギー一族というか、むしろヒューストンお気に入りのあのエライシャ・クック・Jrが出演していること、有名過ぎるエピソードとしては、開巻早早に殺された運転手を誰が殺したのか誰にもわからなかったことである。このテイラーという運転手が失踪したためにボギーのフィリップ・マーロウが事件に首を突っ込むことになるのだが、そもそもは現場で台本を読んでいたボギーがこれに気づき「おい。テイラーを埠頭から突き落としたのは誰なんだ」と言い出したのだが誰にもわからず、ついにはホークスが原作者のチャンドラーに電報で確かめたところやっぱり憶えていず、とうとう映画はそのままで封切られた。これが話題になり、ある日公園でベティとボートに乗っていたボギーに岸にいた少年が「ヘイ、ボギー。運転手は誰に殺されたんだい」と訊ねるとボギーは「おれの知ったことじゃねえや」と嘯《うそぶ》いたそうである。さらにホークスはこの映画でもベティに事件の黒幕であるエディ・マースの店の場面で一曲歌わせている。ホークスは彼女に「ボルティモア・オリオール」を歌わせるのが夢であったとベティは書い

ヴィヴィアン（ローレン・バコール）とマーロウ。

ている。この映画はプロットが「マルタの鷹」以上に込み入っていることで有名だから、ストーリイは省略させて貰おう。

この映画の撮影がほとんど終りかけている頃、ボギーは前妻のメイヨ・メソットとの離婚が成立し、ベティと結婚した。ハンフリー・ボガートとローレン・バコールという伝説的な夫婦の物語がここに始まり、二人は真の家族となった。ここに到るまでの苦労をベティは自伝に詳しく書いている。メイヨは飲酒癖があり、ボギーとの関係は喧嘩夫婦と言われているほど最悪で、ボギーの親友のピーター・ローレ夫妻は彼らのことをず

郵　便　は　が　き

料金受取人払郵便

小石川局承認

1050

差出有効期間
2022年7月9
日まで

1 1 2-8 7 3 1

東京都文京区音羽二丁目
十二番二十一号

講談社　学芸部

現代新書　行

愛読者カード

あなたと現代新書を結ぶ通信欄として活用していきたいと存じます。ご記入のうえご投函くださいますようお願いいたします。

ご住所《フリガナ》　〒□□□-□□□□

お名前《フリガナ》

生年(年齢)
(　　　歳)

電話番号

性別　1男性　2女性

メールアドレス

ご職業

★現代新書の解説目録を用意しております。ご希望の方に進呈いたします（送料無料）。
1希望する　　　2希望しない

TY 000043-2006

この本の タイトル	

本書をどこでお知りになりましたか。

1 新聞広告で　2 雑誌広告で　3 書評で　4 実物を見て　5 人にすすめられて
6 新書目録で　7 車内広告で　8 ネット検索で　9 その他（　　　　　　　　）
＊お買い上げ書店名（　　　　　　　　　　　　　　　　　　　　　　　　　）

本書、または現代新書についてのご意見、ご感想をお聞かせください。

最近お読みになっておもしろかった本（特に新書）をお教えください。

どんな分野の本をお読みになりたいか、お聞かせください。

★下記ＵＲＬで、現代新書の新刊情報、話題の本などがご覧いただけます。
gendai.ismedia.jp/gendai-shinsho

ゴールド・ハット(アルフォンソ・ベドヤ、左)とダブス(右)。

は、村人に乞われていったん仲間の二人と別れ、村で饗応を受ける。欲に眼がくらんだダブスは、その間にハワードを裏切って砂金を二人で分けようと言い、対立したカーティンを瀕死の目にあわせてすべての砂金を持ち去る。ダブスは最初のうちはいいやつだったのだが、次第に猜疑心《さいぎしん》の俘虜になって目つきが変ってくるからどきどきさせられる。カーティンを完全に殺したかどうかが気になり、何度も殺した現場を見に行くダブス、自責の念を懸命に否定したり、カーティンがいなくなっているのを無理やり山猫がくわえ去ったことにして自分を納得させようとしたり、ボギー大熱演である。

とどのつまりダブスはメキシコ人の山賊に殺され、黄金は彼らによって砂漠に撒き散らされてしまう。メキシコ人の山賊には砂金もただの砂にしか見えなかったのである。ハワードとカーティンがダブスの殺された現場に来てみれば、砂の上をただ風が吹いているだけだ。二人はもはや、笑うほかない。

山賊の頭目を演じたのはジョンが起用したセミプロのメキシコ人俳優アルフォンソ・ベドヤである。あいにくその英語は何を言っているかわからないひどいもので、彼の出てくるシーンでは口移しで科白を叩き込まねばならなかった。ボギーが心配して「ジョン、これでいいのかね」と訊ねるのでジョンは「大丈夫、これでいいんだよ、ボギー」と答えたのだが、彼の目に狂いはなかった。剽軽《ひょうきん》な不気味さがあり、ダブスを殺す場面などは怖さと凄さがあって顫《ふる》えあがる。この映画に出演したおかげで、ベドヤにはいい役がいくつも舞い込み、メキシコでちょっとした人気者になったが、数年後に死んだ。おそらくいい気になって過度の飲酒をしたのが原因であろうと言われている。

この時代のアメリカの映画撮影では、ロケ先まで伴侶がついて行くのはごく普通のことだったらしい。「黄金」のロケの本拠はメキシコ・シティから数時間の温泉場だったが、毎晩テキーラを飲み食事をするのはボギー、出演もしないのについて行ったベティ、ティム、ウォルター、ジョン、それにジョンの妻で女優のイヴリン・キースだったらしい。もはや家族も仕事仲間もごちゃごちゃである。全員が疑似家族だったのだ。ロケ隊が宿泊したのは超一流ホテルというふれこみだったものの、料理があまりにもひどいのでスタッフがシェフをクビにしろと騒ぎ出した。そんな時にベティは、わたしが料理を作ると宣言したので、彼女の料理の腕を知っている皆が大喜びしたという。

この家族団欒のさなか、ボギーとジョンがただ一度だけの喧嘩をしている。ジョンによれば「ボギーは自分の持ち船『サンタナ号』をホノルルで行なわれるレースに参加させようと夢中になっていて、あの手この手を使って撮影の終了日を私に約束させようとした」。ところがある夜の食事の席で「ボギーはまたぞろレースの一件を持ち出してこちらを悩ませた。私も堪忍袋の緒が切れた。ボギーはテーブルから身を乗り出すようにしてうるさくがなりたてている。私は右手を伸ばすとボギーの鼻を人指し指と親指の間に挟み、拳をつくって指を引き絞った。食卓は静まりかえった。

ようやくベティ・ボガートが止めに入った。『ジョン、ひどいことしないで』

『ああ、わかっているよ』私は最後にもう一度指をひねると、ボギーの鼻から手を離した。あとで私のところにやってきたボギーは言った。『ジョン、醜態をさらすのはやめようぜ。これまでどおり二人のことは二人だけで片づけよう』

もちろん私に異存はなかった」

まったくもう、ボギーともあろうものに何ということをするのか。

「マルタの鷹」と「黄金」の共通のテーマと言えるものは「努力水泡の物語」つまりこの世にはいくら努力しても報われないこともあるというアイロニーであり、評論家はみなヒューストンの映画の中にそのような主張を見ようとするのだが、ヒューストン自身はそんなことなど思ってもいないらしく、ただそのような結末が好みであることは否定していない。なるほど次作の「キー・ラーゴ」*はそんな匂いなどまったくないフィルム・ノワールである。昔、まだ学生だった息子の伸輔がベータマックスであったかＶＨＳであったか、この映画「黄金」を見てひどく怒ったことを思い出す。滅多に怒らない息子だったのだが、どうやら努力水泡の物語とは相性が悪かったようだ。

「黄金」と同じ年にヒューストンは「キー・ラーゴ」を完成させている。ベティによれば一九四八年になって間もなく、ボギーと一緒にその撮影に入ったという。これはマクスウェル・アンダーソンによる舞台劇が原作だったが、ヒューストンはもっと派手な話にした。これはボギーの出世作でもある「化石の森」[*]に似た設定の話であり、しかも何の因縁か、「化石の森」のボギーの役であるデューク・マンティを、最初は「キー・ラーゴ」にも出ているエドワード・G・ロビンソンに演じさせる予定だったらしい。ロビンソンとボギーはその後、ヒューストンが脚本を書いた「犯罪博士」をはじめ多くのギャング映画で共演しているのだが「キー・ラーゴ」では完全に配役序列が逆転し、それまでロビンソン主演映画では悪役か、または子分役だったボギーが善玉となり、ロビンソンが悪役つまりギャングの親分役にまわっている。ヒューストンはロビンソンのことを、彼はギャングのボス、ジョニー・ロッコの役を不承不承引き受けたが、それは自分に定着したギャングのイメージにうんざりしていたからだと書いている。美術品の収集に走ったのもそのせいであろうと言われている。「傍からは、まるで彼が本物のギャングであって、いま懸命に更生をめざしている、といったように見えたものだ」。つまり観客の眼からは、もはやロビンソンが何をやろうとギャングにしか見えなかったということである。だからロッコの登場する最初のシーンが「葉巻をくわえてバスタブに浸かっている。鎧兜を脱いだギャングの生身の姿を印象づけて間然するところがなかった」というのだから、これはこれで大したものだと言える。ロビンソンはロッコ役をみごとに果たし、共演したベティも「素晴らしい俳優で、気持ちのいい、愛すべき、男性だった」と書いている。

キー・ラーゴはフロリダの珊瑚礁にある島で、ここのホテルには老いた経営者のテンプルと、その戦死した息子の未亡人ノーラがいる。ノーラがローレン・バコール、老父テンプルがライオネル・バリモアという豪華な配役。ライオネル・バリモアと言えばジョン・バリモアの兄で、フランク・キャプラの映画などでは腹黒い実業家や頑固な老人などでお馴染みの名優である。この映画に出た頃は持病の関節炎と二度の顚倒で車椅子生活だったが、映画でも車椅子で出演、それを押すのが嫁ノーラ役のベティだった。

このホテルには釣り客を装ったロッコを首領とするギャング団が隠れ住んでいた。そうとは知らず、戦死した息子の上官フランクが遺族に会うため島にやってくる。ボギーのフランクは「化石の森」におけるレスリー・ハワードの役どころだが、勿論キャラクターはまったく違って、詩人肌のレスリーとは異なりボギーは相変

「キー・ラーゴ」――ノーラ（ローレン・バコール）とフランク（ハンフリー・ボガート）。

わらずのタフガイである。ロッコの情婦ゲイを演じるのは、映画ファンには「駅馬車」*のダラスでお馴染みであろうクレア・トレヴァーで、彼女はこの映画でアカデミー賞助演女優賞を得ている。またボギーやロビンソンとは「犯罪博士」でも共演していて、なぜかヒューストンの映画ではこうした一族再会とも言える因縁めいた共演が多いようだが、家族をテーマに書いている小生としてはうっとりする豪華さだ。こうしたメンバーの家族的な団欒は羨ましい限りであり、ベティによれば彼女は午後になるといつも控え室でお茶とクッキーを出し、いつも誰も必

左からフランク、トーツとも呼ばれているエドワード・バース（ハリー・ルイス、奥）、ロッコ（エドワード・G・ロビンソン）。

要としない気むずかし屋を装っているライオネルがそれを楽しみにしていて、たまたま用意が遅れたりすると、今日はお茶とクッキーが出ないのではないかと心配しはじめたそうだ。彼が芝居の話を始めるとみんなそれを聞き逃すまいとして彼のまわりに集まってきたと言う。またエディ・ロビンソンは、ものすごくおかしいイディッシュ語のアクセントで「モリー・マローン」を歌ってみせ、みんな夢中で聴き入ったらしい。面白かっただろうなあと想像する。

ホテルにやってきたフランク

は、まだ本性をあらわしていないロッコの子分たちに違和感を抱くが、テンプルとノーラに会ってすぐに彼らがギャングであると知り、ことごとに衝突する。特にテンプルが老齢ゆえの無鉄砲さで彼らを罵倒したりするのを庇ったり、ロッコにいたぶられるゲイに親切にしてやったりするのだが、これはあくまで危険を避けようとする気持とどうにもならない闘志の板挟みになっているのだ。

フロリダ名物のハリケーンがやってくる。こわもてのロッコも自然の脅威には負ける。暴風に怯えるロビンソンの顔がいい。ジギー一味と言われるギャング団と、偽造した紙幣を本物に交換する取引をしたはいいものの、逃げる筈の船を嵐で失い、ホテルの船で逃げようとする。しかし操船できるのはフランクだけである。ロッコは自分たちをキューバまで連れて行くようフランクに命令する。ここでクレア・トレヴァーの見せ場となる。連れて行ってくれとロッコに縋《すが》りつくゲイ。しかしこれが芝居で、ロッコから拳銃を掏りとってそっとフランクに渡すのである。

フランクはロッコに従い、手下たちと一緒に船に乗り、舵をとって島を出る。ここからは原作が舞台劇なのでヒューストンの創作であろうが撃ちあいになり、キャビンの屋根にあがったフランクは次つぎとギャングたちを倒し、船室の中からのロッコの

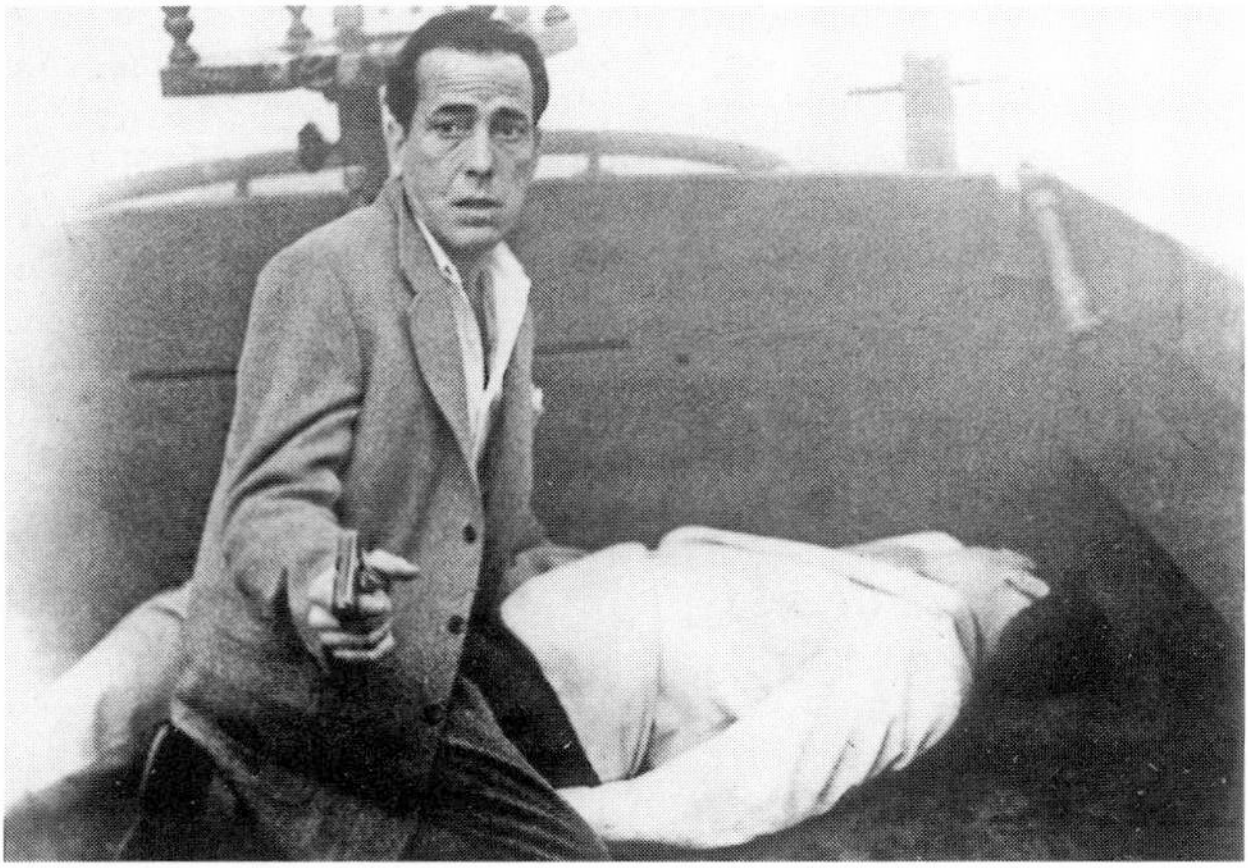

(写真上) 左からフランク、ゲイ(クレア・トレヴァー)、ノーラ。
(写真下) フランク。

取引だの命乞いだのを聞き流して彼を射殺する。最後は島に戻るフランクが無線でホテルのノーラに無事を伝えて、めでたしめでたしである。結末が原作ではどうなっているのか不明だが、最後のシークェンスはフランクが勝つに決まっているのでさほど迫力がない。それでもホテルのシーンは緊張の連続で素晴らしい。ベティはこの映画が「わたしの最も幸福な映画体験のひとつだった。映画というメディアはなんと素晴らしいものか。このような素晴らしいひとたちと出会って友だちになり、一緒に働くことができるのも映画なればこそだと思わずにいられなかった」と書いている。スタアたちの中で一番若いベティは「これら最高の俳優たちと彼らの全盛期に出会えた」ことを喜んでいるのだが、まったくその通りだと思う。

「キー・ラーゴ」の三年後、ヒューストンは「アフリカの女王」の撮影にとりかかる。主演はボギーとキャサリン・ヘプバーンであるが、アフリカでの撮影にはベティも同行した上、なんとあのエンディングは彼女のアイディアだったと言う。これはベティ自身が書いていることなので確証はない。ただし、ヒューストンによれば、原作者の、「ホーンブロワー」シリーズで有名なC・S・フォレスター自身、結末のつけ方には満足していないと彼に語っていたらしい。この映画はハッピーエンドでいくべきだと考えていたヒューストンがベティのアイディアを採用したことは容易に考えられる。

この映画に関してはヘプバーンが『「アフリカの女王」とわたし』という本を書いている。芝山幹郎の訳で出ているが、この映画に関するくだりではこの本からの引用があるのでお断りしておく。キャサリン・ヘプバーンと言えば小生が喜劇映画の五指に入る傑作としているハワード・ホークス監督の「赤ちゃん教育」*でケーリー・グラントと共演した名女優である。スクリューボール・コメディの傑作だったが、公開当時は多くの観客が面白さを理解できず、不評だった。しかしその後の再評価でほとんど歴史的とも言える名画になった。キャサリンはずいぶん息の長い女優で、一九九四年、八十七歳になるまで映画出演を続けた。

映画は第一次世界大戦が勃発した一九一四年の話である。イギリス人のローズ・セイヤーは宣教師の兄サミュエルと共にアフリカの奥地で布教活動をしていた。サミュエルを演じているのが「料理長殿、ご用心」*で助演男優賞を貰っているあの太っちょのロバート・モーレイ。顔は最近よくテレビの報道番組などに出ているモーリー・ロバートソンそっくりである。名前が似ていると顔まで似てくるのかと驚かされる。最初のシーンでは彼が現地人たちと共に讃美歌を歌っていて、ローズもオルガンを弾きながら歌っている。現地人たちの歌があまりにも下手なのでローズが苛立ちながら大声で歌っているその表情が面白く、「赤ちゃん教育」時代の彼女とはすっかり変っていることに驚く。

ボギーは奥地の川筋を上下している小型貨物船アフリカの女王号の船長チャーリーである。サミュエルとローズは郵便物を届けにきたチャーリーから世界大戦の勃発を聞かされるが、その直後にあらわれたドイツ軍兵士によって村は焼き払われ、先住民が駆り出され拉致されてしまう。このショックでサミュエルは頭がおかしくなり、チャーリーがふたたび村にやってきた時にはその前日に死んでいた。たった一人になったローズはチャーリーのすすめで彼の貨物船に乗り、川を下ることになる。

ここからが主役二人による川下りの冒険である。まずは二人の意見が分かれる。チャーリーは戦乱に巻き込まれぬよう、船でのんびりしていようと言うのだが、ドイツ軍の行為をどうしても許せないローズは、船の積み荷である爆発物の原料や酸素ボンベを使って魚雷を作り、川下の湖にいるドイツの軍艦を撃沈しようなどという無茶な提案をするのだ。チャーリーはしぶしぶ承知するが、実は川を下るために激流や瀑布を越えねばならず、それで彼女が諦めるだろうと思っていたのである。しかし豈図《あにはか》らんや、激流や大瀑布を通過するのに、舵を取らせたローズがこれを川下りの大冒険として逆に昂揚し、軍艦攻撃の決意をますます強めたため、チャーリーはやけくそになって積み荷のジンを呷《あお》り、酔っぱらい、ローズに悪態をつくのだった。

キャサリン・ヘプバーンのことをジョンたちはケイティと呼んでいたらしい。実はこの映画の撮影中に、ジョンは食糧確保のため鹿や豚などの狩猟に出かけようとした。最初のうちケイティはジョンのことを血に餓えた殺戮者と見て軽蔑の眼で見ていたのだが、自分で体験してみろとジョンが言うので「じゃあ体験してみましょ」と同行したものの、映画のローズと同じでたちまち態度が変化し、狩猟神ダイアナに変貌したと言う。いつの間にか象の群れのまっただ中に入りこんでいるのに気づいた時には、人間の匂いに気づいてパニックを起こした象たちが四方八方に突進し、一頭が迫ってきたが、生きた心地のせぬままジョンがケイティを見ると、彼女は小さなライフルを手にして銃口を上に向け、片膝を地面につけて屹《きっ》と前を見据えている。屈強な勇士の姿だった、と、ジョンは書いている。この時は象の群れが散り散りになって消えていき、大事に到らなかったものの、同じようなことは何度もあったらしい。まった

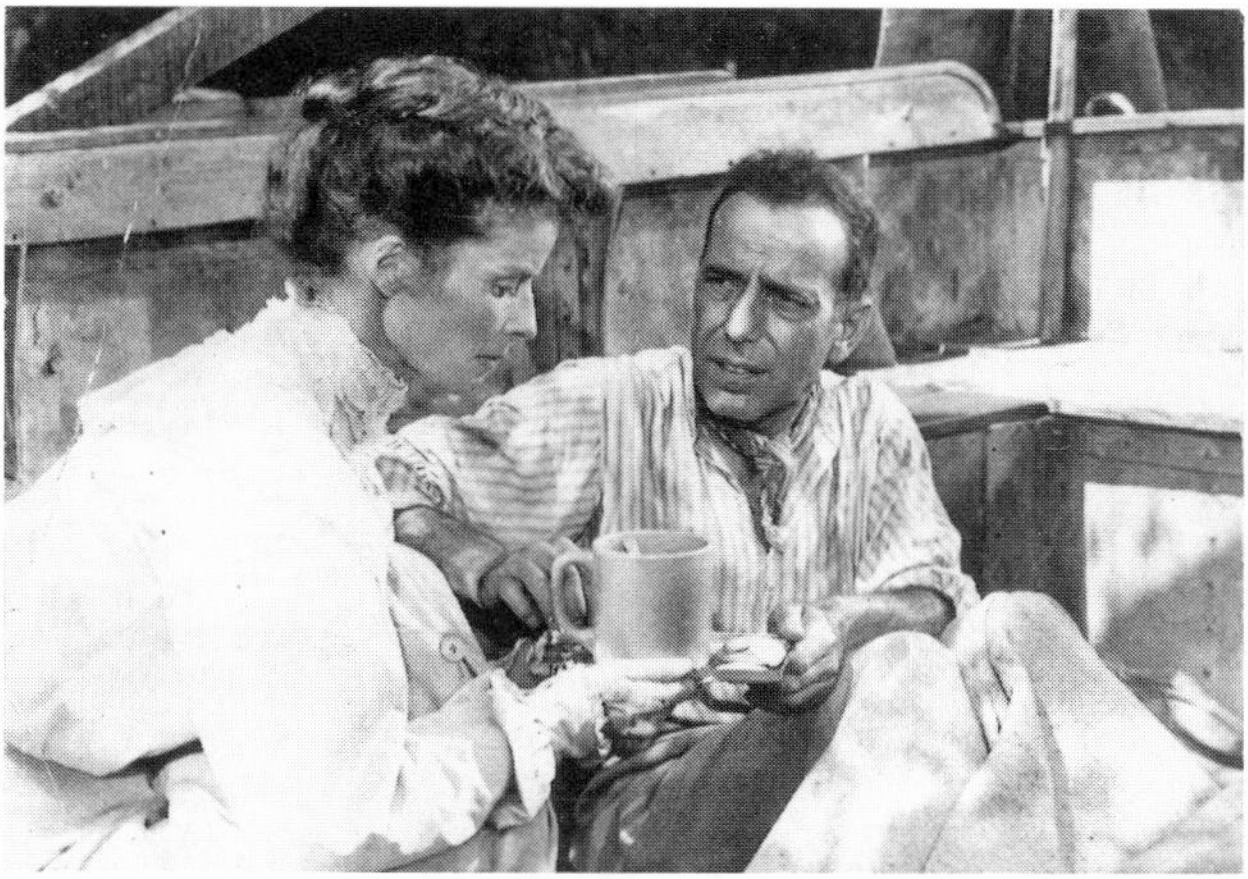

（写真上）「アフリカの女王」——チャーリー（ハンフリー・ボガート）とローズ（キャサリン・ヘプバーン）。
（写真下）同。

く真の大女優というものは肝っ玉がすわっているのである。ケイティ自身の著書では、この時のことをすっ飛ばすような書き方をしていて、ついて行ったものの、あくまで自分は狩猟はしなかったと主張している。

ローズは罵られた仕返しに積み荷のジンをすべて川に流してしまい、チャーリーは激怒するのだが、この部分で撮影時にあった皮肉な出来事をケイティは書いている。撮影隊に病人が出はじめ、食べたものをすぐ嘔吐《おうと》してしまう。ケイティの父親は泌尿器科の医者だったから、彼女は食べ物が原因だと気づき、水で胃を洗滌《せんじょう》しようとした。だが効き目はなく、みな具合が悪くなって、横になっていなければ倒れるほどになった。ケイティも細菌にやられて、ついには皆、這って歩いたという。みんながのたうちまわっている中、ジョンとボギーのふたりはけろりとしていた。まったく元気だったのだ。彼らは毎夜のように飲みまくっていて「胃袋にたっぷりアルコールを詰めこんでいたのが幸いした。どんな虫も、そこでは生きていられなかったのだ」と書いている。

この間ベティは何をしていたかというと、全員の水と食料を調達し、あらゆる薬を持ってきていて謂《い》わば薬局のようなことをやり、みなが病気になった時も、ベティは

「赤痢」と書いているが、自分だけは元気だったようで、みなの看病をし、話し相手になったりしていた。ボギーはというと、ベティによれば動物を殺すというだけでもいやがり、絶対に狩猟には加わらなかったらしい。暇な時にはスコッチのグラスを片手にして世間話に興じていたという。

川下りを再開したチャーリーのおんぼろ船は、ドイツ軍の砦《とりで》がある場所を通過しなければならない。逆光にあたる側を選んだので、彼らの射撃は不正確だったものの、ボイラーが銃弾を受ける。これを懸命に修理するチャーリー。窮地を逃れて砦から出外れた二人は嬉しさのあまり夢中でキスしてしまう。ここで場面が変り、今までと様子が違ってなんとなく親しげな二人。いうまでもなく結ばれたのである。こういう場面は「マルタの鷹」にもあったが、ヒューストンは誰にでもわかるような演出をしていて、当時の倫理規定に睨《にら》まれることのない演技をこなしている主役二人がボギーとケイティだ。ただボギーはこのシーンを撮影した後、いったい自分は何をしてしまったのだろうという顔をして考え込んでいた、とケイティは書いている。思わず笑ってしまうのである。

そのあとはもう、鰐は出るわ蚊の大群は出るわ大瀑布に呑まれそうになるわスクリユーの羽根は破損するわ軸は曲るわ、一難去ってまた一難のサービスである。極めつきは浅瀬に迷い込んでしまった船を、ボギーが水に入ってロープで曳いて行く有名な場面で、ビング・クロスビーとボブ・ホープの珍道中ものではこの場面がそのまま出てきて、いかにもボギーのアカデミー賞主演男優賞受賞はこの場面ゆえであると言いたげにボギーの演技を見せつけている。しかしこの場面、実はアフリカで撮影したものではなく、ロンドンの小さなスタジオで撮られたものだった。ケイティによればアフリカの撮影現場は川も、湖の岸辺もすべてビルハルツ住血吸虫という恐ろしい寄生虫で汚染されていたという。

スタジオではアフリカの女王号を水槽に浮かべて撮影が行われた。葦《あし》の間を抜けて船を引っぱるシーンはチャーリーだけでなくローズも水に入って引っ張っている。チャーリーが蛭《ひる》にいっぱいたかられるあのシーンの撮影も勿論ここであり、スタッフは本物の蛭をいっぱいスタジオに持ち込んできていたが、そんなものボギーにたからせるわけにはいかんというので、みんなが自分たちの発明品である蛭を彼にたからせ、くっつくかどうかを試した。ケイティはそんな中、ちょこんと座ってじっとしているボギーは「ほんとうにおかしかった」と書いている。前述の、キスシーンのあと

（写真上）チャーリー。
（写真下）チャーリーとローズ。

ボギーが考え込んでしまったのもこのスタジオの水槽の裏であったらしい。最後の、砲艦を沈めるシーン、沈んで行く砲艦を見つめるシーン、ケイティの言う「ちょっとばかばかしくて唐突なラストシーン」の撮影もここ。

この映画のボギーの演技をジョンは褒めまくっているが、なんとなく演出と演技が噛みあっていないように見えるのは何故なのだろう。ボギーは最初のうちジョンがやって見せる表情や身のこなしをなぞっていたが、「ある瞬間からこの薄汚くみすぼらしい、変人だが勇敢でもある小男に身も心もなりきるようになった。俳優として新しい鉱脈を掘り当てたと悟るところがあったのだろう」とジョンは書いている。だが違和感の原因はそこなのではないかと思う。あるいは他のハードボイルド映画のボギーを期待している自分が悪いのではないかとも思うが、それとは違う演技をしているボギーをアカデミー賞の選考委員たちは新境地として認めたのだろうか。

その二年後の一九五三年、ジョンはボギーにジェームズ・ヘルヴィック作「悪魔をやっつけろ」[*]の映画化権を買わせ、ほんの面識がある程度だったトルーマン・カポーティにシナリオを書かせ、イタリアのラヴェッロで撮影にとりかかった。ジョンの自伝を見ると資金不足もあって、どうもあまり乗り気ではなかったようだ。そのせいか

「悪魔をやっつけろ」――ビリー・ダンルザー（ハンフリー・ボガート）と妻マリア（ジーナ・ロロブリジーダ）。

どうか、映画ははっきりと失敗作である。ジョンは「ナンセンスな笑いをとくに強調した」ものの観客は笑わず、「時代を先取りしすぎていた」と書いているが、科白の所どころでカポーティの才気は見られるものの、全体にだれた印象でまったく良くない。せっかくジェニファー・ジョーンズ、ジーナ・ロロブリジーダ、ピーター・ローレ、ロバート・モーレイといういい役者を揃えながら勿体ないことである。上滑りでメリハリがないという一般の評価はその通りであろう。この映画に関しては何も書きたくない気分だ。ジョンはこれがボギーとの最後の作品になり、この四年後、ボギーは食道癌で死んでいる。その後はジョンも、ベティも、ピーター・ローレも、エライシャ・クック・Jrも、メリー・アスターも、ロバート・モーレイも、エドワード・G・ロビンソンも、小生がジョンやボギーの一族と看做していた人たちはずいぶん長いこと現役で活躍した。

＊「マルタの鷹（THE MALTESE FALCON）」一九四一年／ワーナー・ブラザース作品／製作ハル・B・ウォリス／脚本と監督ジョン・ヒューストン／出演ハンフリー・ボガート、メリー・アスター、シドニー・グリーンストリート、ピーター・ローレ、エライシャ・クック・Jr、ワード・ボンド他／百一分

＊「犯罪博士（THE AMAZING DR. CLITTERHOUSE）」一九三八年／ワーナー・ブラザース作品／脚本ジョン・ヒューストン他／監督アナトール・リトヴァク／出演エドワード・G・ロビンソン、クレア・トレヴァー、ハンフリー・ボガート他／九十四分

＊「偉大な嘘（THE GREAT LIE）」一九四一年／ワーナー・ブラザース作品／製作ハル・B・ウォリス／監督エドマンド・グールディング／出演ベティ・デイヴィス、ジョージ・ブレント、メリー・アスター他／百八分

＊「M（M-EINE STADT SUCHT EINEN MÖRDER）」一九三一

年／パラマウント作品／脚本フリッツ・ラング他／監督フリッツ・ラング／出演ピーター・ローレ他／百十七分

＊「暗殺者の家（THE MAN WHO KNEW TOO MUCH）」一九三四年／ゴーモン・ブリティッシュ作品／脚本エドウィン・グリーンウッド他／監督アルフレッド・ヒッチコック／出演レスリー・バンクス、エドナ・ベスト、ピーター・ローレ他／七十五分

＊「シェーン（SHANE）」一九五三年／パラマウント作品／製作と監督ジョージ・スティーヴンス／出演アラン・ラッド、ジーン・アーサー、ヴァン・ヘフリン、ジャック・パランス、エライシャ・クック・Jr他／百十八分

＊「現金に体を張れ（THE KILLING）」一九五六年／ユナイテッド・アーティスツ作品／製作ジェームズ・B・ハリス／脚本と監督スタンリー・キューブリック／出演スターリング・ヘイドン、ヴィンス・エドワーズ、エライシャ・クック・Jr他／八十五分

＊「黄金（THE TREASURE OF THE SIERRA MADRE）」一九四八年／ワーナー・ブラザース作品／脚本と監督ジョン・ヒューストン／出演ハンフリー・ボガート、ウォルター・ヒューストン、ティム・ホルト他／百二十六分

＊「カサブランカ（CASABLANCA）」一九四二年／ワーナー・ブラザース作品／製作ハル・B・ウォリス／原作マレイ・バーネット&ジョアン・アリスンの上演されなかった戯曲「皆がリックの店にやってくる」／脚本ハワード・コッチ他／監督マイケル・カーテ

ィス／出演ハンフリー・ボガート、イングリッド・バーグマン、ポール・ヘンリード、クロード・レインズ、コンラート・ファイト、ピーター・ローレ他／音楽マックス・スタイナー／百二分

＊「太平洋を越えて（ACROSS THE PACIFIC）」一九四二年／ワーナー・ブラザース作品／脚本リチャード・マコーレイ／監督ジョン・ヒューストン、ヴィンセント・シャーマン（クレジットなし）／出演ハンフリー・ボガート、メリー・アスター、シドニー・グリーンストリート他／九十七分

＊「カリガリ博士（DAS CABINET DES DOKTOR CALIGARI）」一九二〇年／製作エリッヒ・ポマー／監督ロベルト・ヴィーネ／出演ヴェルナー・クラウス、コンラート・ファイト他／七十一分

＊「脱出（TO HAVE AND HAVE NOT）」一九四四年／ワーナー・ブラザース作品／製作ジャック・L・ワーナー／原作アーネスト・ヘミングウェイ／脚本ジュールス・ファースマン、ウィリアム・フォークナー他／監督ハワード・ホークス／出演ハンフリー・ボガート、ローレン・バコール、ウォルター・ブレナン、ホーギー・カーマイケル他／百分

＊「渡洋爆撃隊（PASSAGE TO MARSEILLE）」一九四四年／ワーナー・ブラザース作品／製作ハル・B・ウォリス／脚本ケイシー・ロビンソン、ジャック・モフィット／監督マイケル・カーティス／出演ハンフリー・ボガート、ミシェル・モルガン、ク

ロード・レインズ、シドニー・グリーンストリート、ピーター・ローレ他／音楽マックス・スタイナー／百十分

＊「三つ数えろ（THE BIG SLEEP）」一九四六年／ワーナー・ブラザース作品／製作と監督ハワード・ホークス／脚本ウィリアム・フォークナー、リイ・ブラケット、ジュールス・ファースマン／音楽マックス・スタイナー／出演ハンフリー・ボガート、ローレン・バコール他／百十四分

＊「アフリカの女王（THE AFRICAN QUEEN）」一九五一年／ユナイテッド・アーティスツ作品／製作サム・スピーゲル／原作セシル・スコット・フォレスター／脚本と監督ジョン・ヒューストン／出演ハンフリー・ボガート、キャサリン・ヘプバーン、ロバート・モーレイ他／百五分

＊「キー・ラーゴ（KEY LARGO）」一九四八年／ワーナー・ブラザース作品／原作マクスウェル・アンダーソンの戯曲／脚本リチャード・ブルックス、ジョン・ヒューストン／監督ジョン・ヒューストン／出演ハンフリー・ボガート、エドワード・G・ロビンソン、ローレン・バコール、ライオネル・バリモア、クレア・トレヴァー他／音楽マックス・スタイナー／百一分

＊「化石の森（THE PETRIFIED FOREST）」一九三六年／ワーナー・ブラザース作品／製作ハル・B・ウォリス／原作ロバート・E・シャーウッドの戯曲／監督アーチー・L・メイヨ／出演レスリー・ハワード、ベティ・デイヴィス、ハンフリー・ボガ

ート他／八十二分

＊「駅馬車（STAGECOACH）」一九三九年／ユナイテッド・アーティスツ作品／脚本ダドリー・ニコルズ／製作と監督ジョン・フォード／出演ジョン・ウェイン、クレア・トレヴァー、トーマス・ミッチェル、ジョージ・バンクロフト他／九十九分

＊「赤ちゃん教育（BRINGING UP BABY）」一九三八年／RKO作品／脚本ダドリー・ニコルズ／製作と監督ハワード・ホークス／出演キャサリン・ヘプバーン、ケーリー・グラント、バリー・フィッツジェラルド他／百二分

＊「料理長殿、ご用心（WHO IS KILLING THE GREAT CHEFS OF EUROPE?）」一九七八年／ワーナー・ブラザース作品／原作アイヴァン・ライアンズ、ナン・ライアンズ／脚本ピーター・ストーン／監督テッド・コッチェフ／出演ジョージ・シーガル、ジャクリーン・ビセット、ロバート・モーレイ他／音楽ヘンリー・マンシーニ／百十二分

＊「悪魔をやっつけろ（BEAT THE DEVIL）」一九五三年／ワーナー・ブラザース作品／原作ジェームズ・ヘルヴィック／脚本トルーマン・カポーティ／監督ジョン・ヒューストン／出演ハンフリー・ボガート、ジェニファー・ジョーンズ、ジーナ・ロロブリジーダ、ピーター・ローレ、ロバート・モーレイ他／八十九分

四　西部劇の兄弟

「リオ・ブラボー」――保安官チャンス（ジョン・ウェイン、右）とスタンピー（ウォルター・ブレナン、左）。バーデットとの決闘シーン。

「リオ・ブラボー」*のタイトルバックは山道を行く馬車の群れ。ディミトリー・ティオムキンの静かな音楽。タイトルが終るといきなりディーン・マーティンがうらぶれた様子で酒場に入ってくる。金がないらしく、あたりをうろうろしているだけ。あきらかにアルコール中毒とわかる演技だ。カウンターで飲んでいた男、ジョーというやくざ者だが、この男がディノの様子を見てにやにや笑いながら、飲むかというようにグラスを見せる。頷くディノ。ジョーは小銭を出して投げ、それはディノの足もとの痰壺《たんつぼ》の中に落ちる。それを取ろうとして手を伸ばすディノ。さすがに痰そのものは入っていなかったらしくて、からんからんと乾いた音がする。

ここまで見て若い頃の小生、猛然と腹が立った。ディノともあろうものに何という情けない役をやらせるのか、ディーン・マーティンといえばジェリー・ルイスとの底抜けコンビ以来わが憧れの大スターではないか。特に好きな作品はといえば「画家とモデル」*であった。ディノの歌う「イナモラータ」もよかったが、この映画の場合おれが好きだったのは何と言ってもシャーリイ・マクレーンがジェリーとからんで「イナモラータ」を歌うシーンだった。

と言っても、ディノは他にも情けない役をやらされている。「若き獅子たち」*では

「おれは臆病だ」と自認している兵士をやらされているのだ。

そこへ保安官役のジョン・ウェィンが登場する。ディノの情けない有様を見て痰壺を蹴飛ばす。ディノはかっとなって棍棒でジョンを殴り倒す。これは自分の惨めさに腹が立ったからではなく、あきらかにその小銭で酒が飲めなかったからだ。アル中というのはそういうものなのである。次いでジョーに殴り掛かったディノを皆が羽交い締めにすると、ジョーがその腹をぶん殴る。さらにはこれを止めようとした丸腰の男の腹に乱暴にも銃弾を一発ぶち込んで殺し、のびているジョンを尻目にジョーは意気揚揚と店を出て、自分の本拠地らしい別の酒場へ移る。そこにはジョーの仲間らしい連中もいる。どうやら生来の人殺しであるらしいこのジョーが、またカウンターで

デュード（ディーン・マーティン）。

チャンス（右）とジョー（クロード・エイキンス、左）。

飲んでいるところへ、額から血を垂らしたジョン・ウェインの保安官がやってきてライフルを突きつけ、逮捕すると言う。だがジョーの仲間のひとりが後ろから銃をつきつける。そこへディノがやってきて、ジョーの仲間のベルトから拳銃を抜き取り、保安官に銃をつきつけている男の手を撃つ。保安官はジョーを殴り倒し、ディノに手伝わせてジョーを運び、殺人者の身柄を確保するのだ。

ここまでが最初のシークェンスである。あれよあれよの展開で息も継がせない。役名を言っておくと、ジョン・ウェインの保安官がチャンス、ディノの保安官補がデュードだ。この映画、名作とされているフレッド・ジンネマンの「真昼の決闘」*がどうしても気に食わなかったホークスが、それへの対抗作として撮った映画だと言われている。ゲイリー・クーパーの主演する保安官があまりにも孤独であり過ぎたからであろう。ここでは何人かの家族のような仲間たちに痛快な演技をやらせている。

さて次のシークェンスでは、主な人物が次つぎと登場。まずタイトルバックに出てきた荷馬車隊が町へ入ってくる。その隊長がワード・ボンドである。これを町の入口でディノ演じるデュードが止める。ワード・ボンド演じるパット・ホイーラーはデュードを知っているのだが、誰だったかしばらく思い出せない。酔っぱらっている時の彼しか知らないからだ。チャンスが出てきたので顔見知りのホイーラーが語りかける。ホイーラーはすぐ、町でひと騒動もちあがりそうだと気づく。ホイーラーを護衛として助ける若い二丁拳銃のコロラドがロックスターのリッキー・ネルソンである。ホイーラーはデュードに案内させてコロラドに近くの空き地へ荷馬車をつれて行かせる。荷馬車には石油だのダイナマイトだのを積んでいるからだ。このシーンでは保安官詰所からウォルター・ブレナン演じる牢屋番のスタンピー爺さんも顔を出す。二丁拳銃を警戒して銃でコロラドを狙っていたのである。
二人だけになり、ホイーラーはチャンスから事情を聞く。チャンスは牢屋に入れたジョーが顔役のネイサン・バーデットの弟でありネイサンは弟を助けるため町を封鎖して見張りを立てていることや、連邦保安官がジョーを引き取りに来るまで町が一触即発の危機にあることを話す。味方は、と訊ねたホイーラーに、デュードとスタンピーだけだと言うので、酔っぱらいと足の悪い爺さんだけかとホイーラーは呆れて去る。

戻ってきたデュードは顔色が悪い。アルコールが切れかけているのである。チャンスは冷えたビールを買っておいてやったぞと優しいことを言うのだが、こっちは、えっ、ビールを飲んで大丈夫かいなと思ってしまう。ビールばかり飲んでいるアル中を知っていたからだが、西部劇ではビールなどアルコールのうちに入らないらしい。詰所では監禁されているジョーとスタンピー爺さんの毒舌のやりとりがあり、ここで爺さんの足が悪いことと毒舌癖がわかる。ジョーがデュードを呼び寄せて、酒をやめたら手が顫えるぞ、ビールじゃ駄目だなどとさんざん挑発し、ついにはまた一ドル貨幣を出して見せたりするのでデュードは怒ってビールの瓶を投げつける。ジョーは「乱暴させとくのか」と文句を言うがチャンスは「デュードを牢に入れて殴り合いをさせようか」と言い、デュードは「奴ひとりじゃ不足だ」と言い、チャンスがスタンピーに「生意気ぬかしたら水をかけろ」と言うとスタンピーは「びしょ濡れのベッドで寝るがいいさ」と言う。挑発と毒舌の応酬はみごとであり、リイ・ブラケットの手腕だ。チャンスはデュードに新しいビールをやろうとするが、デュードはビールは飲むよりぶん投げた方がいいと言って断る。

保安官詰所気付で小包が来たので、チャンスはそれを持って届け先のホテルへ向かう。ホテルのオーナーのカルロスを演じているペドロ・ゴンザレス＝ゴンザレスが面白い。口うるさい妻に深紅の下穿きを買ってやったのだが、それをこっそりチャンスに見せているところへアンジー・ディキンソン登場。このフェザーズというひと癖ありそうな女は、駅馬車が故障したのでこのホテルにやってきたのだ。アンジーはこれが映画初のヒロインとしての出演で、山田宏一によれば「彼女は、真っ赤なブルーマーズとジョン・ウェインの顔をゆっくりといたずらっぽく見くらべながら、目尻にしわをいっぱいつくって微笑む。バツがわるくなってあわててその場を逃げだすジョン・ウェインに追い討ちをかけるように『あら、赤いパンツをお忘れよ』などとからから」のだが、これをハワード・ホークス的な美女、つまりホークシアン・ウーマンの男狩りの始まりとしている。「ハタリ!」で言うならエルザ・マルティネリの、「脱出」や「三つ数えろ」で言うならローレン・バコールの、「赤ちゃん教育」で言うならキャサリン・ヘプバーンの役どころであり、キャラである。

夜の保安官詰所。アルコールの切れたデュードは苦しそうである。小生、ディノ自身がアルコール中毒ではないかと思っていた。というのも他の映画で、入院して酒を禁じられていながら枕の下からウィスキーの瓶を取り出すシーンがあったり、またラスベガスのショーに出たものの、酔っぱらって歌がめろめろだったというゴシップ記事を読んだりしたからだったが、亡くなったのは肺癌に併発した肺気腫だったらしくて、シャーリイ・マクレーンによれば実はコーヒーに角砂糖を五つも入れるほどの甘党だったらしい。どちらにしろ本物のアル中と思わせるほど似合っていたか演技力があったのだ。

デュードを心配そうに見るチャンスとスタンピー。スタンピーはビールをすすめるが、いくら飲んでも同じだと断るデュード。気分を変えさせようとしてチャンスは見回りにデュードを連れ出す。「帰ったら大声で怒鳴るんだぞ。さもないと撃っちまうからな」とスタンピーが言う。二人は大通りの両側に分かれて見回る。風に当るため二階に出てきた男を撃ちそうになったり、ロバに驚かされたりと何やかやがあって二人がホテルの酒場まで来ると、オーナーのカルロスが出てきて「あんたを助けようとホイーラーが皆に呼びかけている。ネイサンに聞こえたら大変だ」と告げる。二人が酒場に入るとテーブルでカード賭博をやっていて、そこにはホイーラーもフェザーズもコロラドも加わっている。カウンターでホイーラーはチャンスに、なぜ助手を募集しないんだと詰る。シロートは困る、とチャンスが言う。このあたりがアンチ「真昼の決闘」なのであろう。ハワード・ホークス映画の仲間はすべてプロでなければならないのだ。ホイーラーはうっかり「じゃあ味方は足の悪い爺さんと酔っぱらいだけか」と言ってしまい、デュードは席をはずす。ここでチャンスは、腕のいい保安官補だったデュードがなぜボラチョンと呼ばれる酔っぱらいになったか、その過去を話す。早く言えば悪い女に引っかかって手ひどい失恋を味わったからなのだ。

ホイーラーが「そんならわしがやろう。腕は確かだ」と言うので、「じゃあなんでコロラドを護衛にしているんだ」と言うと、「じゃあコロラドにやらせよう」と言って彼を呼ぶ。だがコロラドは「余計なことには手を出さない」と言ってあっさり断ってしまう。これがかえってチャンスの気に入ったようで、「頭のいい男だ。頼めれば心強い」などと言っている。

フェザーズがテーブルから抜けて自室へ行くので、チャンスがついて行く。彼女がカードのインチキをするお尋ね者の女ではないかと疑っているのである。証拠がないなどと言い争いをしているとコロラドがやってきて、チェックのベストの男がそうだと告げる。捕まえるにしても保安官に言うのが先だから言いにきたが、おれが捕まえてもいいというので、フェザーズと共に三人でまたカードのテーブルに戻る。コロラドがベストの男に、手をそのまま、と言うなりベストの男が拳銃を抜こうとしたが、さすがにコロラドの拳銃とチャンスの銃の方が早い。インチキをした男は捕まり、彼が賭けで得た金は全員に返し、忘れていることがあるぜとコロラドに言われてチャンスはフェザーズに、疑いは晴れたと告げたものの詫びる気はないのである。どうせ素性はわかっていると言うものだから、フェザーズがどうしたらお気に召すのと聞くと博打をやめろと言うので、「いやよ。本当に悪い女ならそうするでしょうけどね」と返すものの、チャンスにはその意味がわからないようだ。

酒場の外へチャンスとデュードが出てくると、道を歩いてきたホイーラーが狙撃さ

チャンスとフェザーズ（アンジー・ディキンソン）。

れて倒れる。ホイーラーは背中を撃たれて死んでいた。ワード・ボンドはなんとまあ、早いうちにあっさり殺されてしまうのである。その仇《かたき》を討ちたいコロラドに死体を運ぶよう命じてから、チャンスたちの犯人探しとなる。犯人は厩《うまや》の中から撃ったらしい。デユードが横から合図し、チャンスが厩に飛び込む。犯人は撃ってから逃げるものの、デユードに二発、浴びせられる。奴はバーデットの酒場に入った筈だと、酒場に詳しいデユードが言う。バーデットの酒場とは、例のジョーの仲間たちのいる場所である。奴の靴は泥だらけの筈だとデユードが言い、十人ほどいるぞとチャンスが言うと、十人以上だ、とデユードも言う。表口と裏口があるのだが、どちらが表から行くかでちょっとした言い争いになる。裏口はもう飽きた、とデユードが言うので、大丈夫かと問うと「それを試す」と言うのでチャンスは彼を表口から入らせる。ディノの見せ場だ。

デユードが入って来たので全員が驚いて彼を見る。裏口からもチャンスが入ってきた。デユードはまずバーテンダーのチャーリーからカウンターの下の銃を取りあげ、全員を立たせ、ガンベルトを外して捨てさせる。そしてひとりずつ靴を見せるように言うのだが、泥靴はひとりもいない。しかたなく銃を返すと皆が笑い、ひとりが銀貨を痰壺の中に抛る。気まずい雰囲気になる。と、カウンターのグラスの中に血が一滴、二滴。デュードはやっぱり酒をくれなどと言いながらゆっくり移動し、二階から狙っていた男を自分の拳銃で撃つ。落ちてきた男は泥靴だった。デュードは男の傍に落ちていた金貨を拾い「バーデットがつけた相場だ。五十ドルで命と引き換えか」と言って捨てる。雇われたよそ者だったのである。この場面は完全にディノのひとり舞台であり、ジョン・ウェインはひとりが拳銃を抜こうとしたので銃口を向けて脅し、さっき誰も来ていないと嘘をついた男を銃で殴り倒すだけだ。それにしてもこの時代、五十ドル金貨などという凄いものがあったのだなあと思う。所謂《いわゆる》ダブルイーグルか。

全員の銃をチャーリーに命じて保安官詰所に運ばせたチャンスは、完全復帰したデュードに「これからはいつも正面から行け」と言う。新たな友情の始まりとも言うべきホークスお得意のシーンであろう。ふたりは詰所に戻り、ここではデュードを批判するチャンスにスタンピーが怒ったり、その癖手が顫えるデュードのためにチャンスが煙草を巻いてやるなどの優しさを見せたり、コロラドがホイーラーの持物や金をすべて持ってきたり何やかやがある。

チャンスがホテルの酒場に行くとフェザーズがいて、からかったことを詫びるので、二人で一杯飲み、身の上話になる。彼女と一緒に手配されていた男はフェザーズの夫でインチキ賭博師だったが、すでに死んでいた。チャンスは彼女のために手配書を破り捨ててやる。一応仲直りしたかに見えたが、ホテルに一泊したチャンスと翌朝になるとまたしても喧嘩である。

その朝、ネイサン・バーデットが来るというので町は野次馬で賑わっている。町の入口ではデュードが見張っていて、やってくる者の拳銃を取り上げて預っている。そこへネイサンを首領とする一団が馬でやってくる。弟のジョーは人相が悪いが、このネイサンの方はグレゴリー・ペック似のなかなか美男子だ。この一行、デュードが拳銃を置いて行けと言ってもなかなか言うことを聞く輩《やから》ではない。ネイサンが「六人を相手にするつもりか」と聞くのでデュードは「案外利口じゃないな。そうなったら一番にあんたを殺す」とやり返す。ハリスという若者が言うことを聞かずに行こうとするのでデュードは一発ぶっ放す。ネイサンはデュードの変容に驚いた様子だが、しかたなく全員に手出しを禁じて拳銃を預ける。

一行は詰所の前までやってくるが、待ち構えていたチャンスは他の者を「お前らは兄弟じゃない」と追い返し、ネイサンのみ詰所に入れる。二人と檻《おり》の中のジョーとスタンピー爺さんとの四人のやりとり。ネイサンは大農場主で金持ちだが、どうやら昔スタンピーから農場をとりあげたらしい。チャンスはネイサンに、加勢しようとした友人のホイーラーをたちまち撃ち殺したのも、五十ドルで殺し屋を雇ったのもみなお前の差し金だと言い、執行官が来るまでに六日ほどかかるが、それは駅馬車の車輪が壊れたからで、それもお前の差し金だろうと言ってネイサンを追い返してしまう。なぜあいつを逮捕しないとスタンピーが訊くので、殺しあいになって全員死ぬことになるからと答える。

この切迫した事態のさなか、カルロスがやってきて、早く町を出て行かせたいフェザーズが駅馬車に乗らないことを報告する。チャンスがホテルへ来ると、どうやら彼女はチャンスが気になって出発しないようなのだ。ここで二人がキスをするのだが、これもフェザーズが誘いかけてのことだ。

バーデットの一味は彼らの溜り場にいて、ネイサンは楽団に「皆殺しの歌」をやれと命じ、ここからトランペットがあの名曲「DE　GUELLO」を吹き鳴らし始める。メキシコ軍がアラモの砦を攻撃する前に吹き鳴らしたといわれる曲をディミトリー・ティオムキンが編曲したもので、ジョン・ウェインはこれを自分が監督した*「アラモ」でも使っている。これを一味と同じ店にいて飲んでいるコロラドが聞いている。

夜、トランペットが鳴りやまぬ中、デュードが見張りから帰ってきてバーデットの一味が帰って行ったことを報告していると、コロラドがやってきて鳴り続ける曲の由来を教える。これで自分たちを皆殺しにする気だなと皆が気づくのだ。コロラドは去るが、このあたりからチャンスにデュードに対する父親的な心情が芽生えていくシークェンスが続く。みすぼらしいデュードに、質に入れていた彼のガンベルトを返してやったり、保存しておいた彼の昔の服や帽子を返してやったり、果てはフェザーズに彼の髭を剃らせてやったりするのだ。フェザーズの方はカルロスから頼まれたとやらでホテルで働きはじめ、なんだかますます母親的になり、世話女房的になっていく。見違えるようになったデュードを、従前の科白通り案の定見まちがえてスタンピー爺さんが撃ってしまい、その帽子に穴をあける。ここからえんえんと続く言いあいはまるで親子喧嘩のようだ。

夜、ホテルのバー・カウンターでチャンスにウィスキーを振舞っているフェザーズ。ここからは二人が結ばれたことをかなり露骨に暗示させるシークェンスである。

まだ煙草を巻けないデュードは見張り中に不覚をとり、一味の捕虜になってしまう。直後、ホテルの前でチャンスとコロラドが話しているところへ三人の男がやってくる。ここからがリッキー・ネルソンの見せ場である。コロラドがマッチを取りにホテルに入り、チャンスが柱に立てかけた自分の銃から眼を離した隙に、怪我人を装っていたひとりを含む三人から拳銃を突きつけられてしまう。動きのとれないチャンスの様子をホテルの中から見ていたフェザーズがコロラドに「助けてあげないの」と詰り、コロラドは自分が出て行ったら植木鉢を窓に投げろと言いおいて出て行く。三人がコロラドを呼び止め、コロラドは何も知らないおぼこのふりをして「ぼくか」と訊ね返す。フェザーズが鉢で窓を壊した音で三人が振り返った途端、コロラドが立てかけてあった銃をチャンスに投げて自分は拳銃を撃つ。三人が倒れ、ひとり遠くにいた仲間はチャンスに狙い撃ちされて馬から落ちる。ファンに語り継がれる名場面である。

このあと、手足を縛られていたデュードはチャンスに助けられるが、自分はもう使いものにならんと言って、コロラドに助けられたと言うチャンスに彼が保安官補なら

コロラド（リッキー・ネルソン、左）とチャンス（右）。

敵を倒したコロラド（左）とチャンス（右）。

よかったと言い、やめさせて欲しいと言い出すのだ。チャンスも今度はもう止めない。給料を取りに詰所へ一緒に来いと、勿論わざとであろうが冷たく言う。二人が詰所へ行く途中、撃ち殺された連中が地べたに並んで寝かされていて、葬儀屋がこいつらをどうするかと聞くのでチャンスが葬ってやれ、金は詰所で払うと言うと、その必要はないと葬儀屋が言う。彼らは五十ドル金貨二枚ずつを持っていたのである。値上がりしたな、と、チャンス。

助けられた礼にチャンスがホテルに立ち寄ると酔っぱらったフェザーズがいて、一家の仲間入りをしてしまったことを悔やんだり何やかやと言い立てたりする。いったん保安官に味方した以上は狙われるぞとチャンスに言われてコロラドはついに保安官補になる決意をする。

詰所ではスタンピーとデュードが話していて、デュードの前のテーブルにはウィスキーの瓶が置かれているので、えっ、もう飲みはじめたのかとどきりとさせられるが、さいわいまだ飲んではいなかった。どうやらデュードに同情的なスタンピーが置いたらしい。しかし目の前で行われるコロラドの保安官補就任の儀式めいたものを見たのと、あの「皆殺しの歌」を聞いたために考えが変わったらしい。辞任をとりやめてグラスのウィスキーを一滴もこぼさずに瓶に戻す。お前たちを見ていると気が変になりそうだと、スタンピーはそのウィスキーの瓶を取ってラッパ飲みするのである。

その夜、山田宏一氏の好きな「ジャムセッション的な集い」のシーンとなる。ベッドに寝ているディノが「ライフルと愛馬」を歌い出すと、これにリッキー・ネルソンのギターが入り、ウォルター・ブレナンのハーモニカが入る。そのあとリッキーが歌い、ディノの口笛、輪唱、合唱で盛りあがる。ジョン・ウェインは「ハタリ！」の時と同様、これを慈父の笑みで見守るのみだ。

スタンピーが「次はわしにも歌える歌を」と言うので「シンディー」というカント

左からスタンピー、デュード、コロラド。

リー調の歌となり、珍しくウォルター・ブレナンが歌で加わる。

皆が歌い終わるとチャンスが言う。「今わかったぞ。連中は襲って来ない。おれたちが出て来るのを待っているんだ」。そこで一同、籠城を決意し、食糧調達や何やかやの準備にとりかかるのである。

チャンスとデュードが毛布だの何だのを調達にホテルへやってくる。だが一味はすでにここへ来ていて、カルロスの妻を縛りあげていた。そうとは知らずチャンスはフエザーズの部屋の前で彼女と逢っていて、デュードは風呂に入っている。一味はカルロスの妻に叫ばせてチャンスをおびき寄せ、階段に張った縄で転ばせて捕え、デユードたちを一階に集める。そして銃弾を抜いた銃を二人に返し、デュードの言葉を信じた一味が一緒に詰所に来る。だがスタンピーとコロラドによって三人が撃ち倒され、ホテルに残っていた二人がデュードを連れ去ってしまう。まったくデュードは捕虜になってばかりなのだが、三人が撃ち倒されたのはデュードの言葉のせいなので一味はデュードを恨んでもいて、彼の命も危険なのだ。

ここからは人質交換のシークェンスになるが、ほとんど最後の決闘のシークェンスでもある。ジョーとすれ違う時にデュードは彼にとびついてもつれ合い、それがきっかけで激しい銃撃戦になるのだ。そのさなか、来るなと言われていたスタンピー爺さんがやってきてライフルで二人を倒したり、カルロスまでが銃弾を運んできて加勢したりという、味方総動員のホークス的展開になる。最後は馬車の積み荷のダイナマイトを使い、スタンピーが投げてチャンスが撃つという方法で一味の隠れ家を半壊させてしまう。たまりかねてバーデットの一味が手をあげて出てくる。全員逮捕となり、保安官詰所の檻に入れられてしまうのである。

めでたしめでたしの最後のシークェンスはホークスらしいユーモアがいっぱい。フェザーズに踊り子の衣裳を着けさせたくないチャンスは彼女に着替えさせているさなか、タイツを窓から捨てる。珍しく巡回を許されていたスタンピーがそれを拾い、デユードに見せて笑うのがラストシーンである。去って行く二人の背中にディノの「リオ・ブラボーの流れ」という歌声が一節だけ流れてエンドマークとなる。二時間二十一分の長丁場を飽きさせない職人技であり、最高に面白くて痛快な西部劇として封切時には大好評だった。

その好評にあきらかにあやかろうとしたのが*「エルダー兄弟」だ。長男のジョンがジョン・ウェイン、次男のトムがディーン・マーティンという配役からもそれは明らかなのだが、四人兄弟の演技者の実年齢の幅が広過ぎて、何しろジョンと末弟バドの歳が四十歳以上の開きに見えてしまうのは困る。監督は結構いい映画も撮っているヘンリー・ハサウェイなのだが、この映画に関しては凡作というしかあるまい。「リオ・ブラボー」の兄弟愛らしきものはなく、兄弟喧嘩はあるものの殴りあいをすればそれが兄弟愛の表現になるというのではどうしようもない。西部劇によくある、荒っぽさと単純さが売りの展開。こうして書いてみると、やはり筆者はユーモアのある作品に肩入れするのであろうか。タイトルのケイティ・エルダーは登場せず、映画は彼女の葬式の日から始まる。そしてえんえんと彼女の過去の解明が続くのだが、迫力は

「エルダー兄弟」——左から長男ジョン（ジョン・ウェイン）、次男トム（ディーン・マーティン）、末弟バド（マイケル・アンダーソン・ジュニア）、三男マット（アール・ホリマン）。

最後の撃ちあいになるまで一切なく、盛りあがりもない。役柄なのは殺し屋のジョージ・ケネディだが、悪の首魁の息子を演じているデニス・ホッパーはまだ若いので見ていても誰だかわからない。

ただ、バーンスタインの音楽は素晴らしくて、西部劇ではお馴染みの編曲テーマで変奏される劇中音楽の編曲もいい。何よりも音が重厚であり、ウエスタンを見ている気にさせてくれるのだ。

西部の兄弟と言えばタイロン・パワーとヘンリー・フォンダが兄弟をやった「地獄への道」*という映画が

ある。ジェシー・ジェームズという実在したガンマンをタイロン・パワーが演じたものので、若い頃に筆者が見たのはモノクロだったが本来はテクニカラーだったらしい。日本はまだモノクロ全盛期だったから誰も問題にしなかったのだろう。このジェシーの兄のフランクをヘンリー・フォンダがやっていて、ジェシーに同情的な保安官をランドルフ・スコットがやっている。どちらも主演者級の大物であるが、濃い美男子のタイロン・パワーがいかに当時人気俳優であったかを示すものだろう。他にも悪役でブライアン・ドンレヴィ、ジョン・キャラダイン、スリム・サマーヴィルなどの今でも名の知れた俳優が出ていて、女優はナンシー・ケリーである。

だが映画そのものは凡作だった。兄弟の母親が一家の農場を手に入れようとする鉄道会社の連中によって横死を遂げると、ジェシーはその復讐から銀行・列車を次々と襲い、五州を股にかけて荒しまわった。彼に一万ドルの懸賞金がかけられ、そのためジェシーは自分の子分に裏切られて殺されてしまう。あっけない結末だ。ヘンリー・フォンダも結構活躍するものの、兄弟愛というものは描かれていず、母親もただ息子たちの身を案じるだけである。再見したが、まだテクニカラーの初期で保存状態が悪く、映像はひどい。

「地獄への道」――左からジェシー・ジェームズ（タイロン・パワー）、看守（スリム・サマーヴィル）、フランク・ジェームズ（ヘンリー・フォンダ）。

この続篇とも言うべき「地獄への逆襲」[*]が翌年、フリッツ・ラングによって撮られている。生き残った兄のフランクが弟を殺した二人に対して復讐しようとする話で、当時のアメリカ一の美人女優と言われたジーン・ティアニーはじめ、わんぱく専門の子役だったジャッキー・クーパーなども出ているが、あいにく家族愛などはなく、西部劇としてもあまりいただけない作品だ。

*「リオ・ブラボー（RIO BRAVO）」一九五九年／ワーナー・ブラザース作品／製作と監督ハワー

ド・ホークス／脚本ジュールス・ファースマン、リイ・ブラケット／出演ジョン・ウェイン、ディーン・マーティン、リッキー・ネルソン、アンジー・ディキンソン、ウォルター・ブレナン、ワード・ボンド他／音楽ディミトリー・ティオムキン／百四十一分

＊「画家とモデル（ARTISTS AND MODELS）」一九五五年／パラマウント作品／製作ハル・B・ウォリス／脚本と監督フランク・タシュリン／出演ディーン・マーティン、ジェリー・ルイス、ドロシー・マローン、シャーリイ・マクレーン、アニタ・エクバーグ他／百九分

＊「若き獅子たち（THE YOUNG LIONS）」一九五八年／二十世紀フォックス作品／原作アーウィン・ショウ／監督エドワード・ドミトリク／出演マーロン・ブランド、モンゴメリー・クリフト、ディーン・マーティン他／百六十七分

＊「真昼の決闘（HIGH NOON）」一九五二年／ユナイテッド・アーティスツ作品／製作スタンリー・クレイマー／脚本カール・フォアマン／監督フレッド・ジンネマン／出演ゲイリー・クーパー、グレイス・ケリー他／音楽ディミトリー・ティオムキン／八十五分

＊「アラモ（THE ALAMO）」一九六〇年／ユナイテッド・アーティスツ作品／製作ジョン・ウェイン／脚本ジェームズ・エドワード・グラント／監督ジョン・ウェイン／出演ジョン・ウェイン、リチャード・ウィドマーク、ローレンス・ハーヴェイ他／音楽ディミトリー・ティオムキン／二百二分

＊「エルダー兄弟（THE SONS OF KATIE ELDER）」一九六五年／パラ

マウント作品／製作ハル・B・ウォリス／監督ヘンリー・ハサウェイ／出演ジョン・ウェイン、ディーン・マーティン、マーサ・ハイヤー、アール・ホリマン、ジョージ・ケネディ、デニス・ホッパー他／音楽エルマー・バーンスタイン／百二十二分

＊「地獄への道（JESSE JAMES）」一九三九年／二十世紀フォックス作品／製作ダリル・F・ザナック／脚本ナナリー・ジョンソン／監督ヘンリー・キング／出演タイロン・パワー、ヘンリー・フォンダ、ランドルフ・スコット、ナンシー・ケリー他／百六分

＊「地獄への逆襲（THE RETURN OF FRANK JAMES）」一九四〇年／二十世紀フォックス作品／製作ダリル・F・ザナック／監督フリッツ・ラング／出演ヘンリー・フォンダ、ジーン・ティアニー、ジャッキー・クーパー他／九十二分

写真協力
公益財団法人川喜多記念映画文化財団（「ハタリ！」「マルタの鷹」「黄金」「キー・ラーゴ」「アフリカの女王」「地獄への道」）
共同通信社（「血まみれギャングママ」「脱出」「悪魔をやっつけろ」）
講談社資料センター（「白熱」「前科者」「マルタの鷹」「カサブランカ」「三つ数えろ」「リオ・ブラボー」「エルダー兄弟」）

あとがき

本書を書いている間は楽しい時間でもありつらい時間でもあった。構想している間は楽しいのだが、いざ書くとなると正確を期するためにどうしてもヴィデオで再見することになり、そのたびに自分の誤った思い込みに気づくので、書き直すため、何度もプレイバックしてよく見直さなければならない。これには機械音痴の自分にとって多くの時間が奪われることになるから、結局それはつらい時間となる。

映画について書いていながら、精緻な分析など自分には不向きであることもわかった。なんと言っても自分は評論家ではなく小説家なのだと思い知らされたりもした。小説家にとって自分の書いたもの以外の作品に対しては、分析なんかよりもストーリイが大事なのであり、自他のその場面その場面への思い入れは本来ストーリイの中で語られなければならない。結果として主に筋書きを書くだけになってしまったが、その中に自分の思いを籠めている筈だと自負してもいる。

これを書くため、映画に詳しい嫁の筒井智子（息子である故・筒井伸輔の妻）にもヴィデオとこの文章を検討してもらったが、今ではＣＧでしか見られない馬の群れが駈けて行く場面などに感動したという感想を貰い、昔の映画ばかり取りあげてしまったことはあの時代の映画のよさを示すためにもつくずくよかったと思っている。というか、新しい映画はなぜか取りあげる気がしなかったのだ。

担当の岡部ひとみさんには長い間ほんとに厄介になった。心よりお礼申し上げる。

筒井　康隆

二〇二一年初夏

講談社現代新書　2626

活劇《かつげき》映画《えいが》と家族《かぞく》

二〇二一年七月二〇日第一刷発行

著　者　筒井康隆《つついやすたか》　© Yasutaka Tsutsui 2021

発行者　鈴木章一

発行所　株式会社講談社

東京都文京区音羽二丁目一二―二一　郵便番号一一二―八〇〇一

電　話　〇三―五三九五―三五二一　編集（現代新書）

〇三―五三九五―四四一五　販売

〇三―五三九五―三六一五　業務

装幀者　中島英樹

印刷所　株式会社新藤慶昌堂

製本所　株式会社国宝社

定価はカバーに表示してあります　Printed in Japan

N.D.C. 778.3　163p　18cm
ISBN978-4-06-524550-7

「講談社現代新書」の刊行にあたって

教養は万人が身をもって養い創造すべきものであって、一部の専門家の占有物として、ただ一方的に人々の手もとに配布され伝達されうるものではありません。

しかし、不幸にしてわが国の現状では、教養の重要な養いとなるべき書物は、ほとんど講壇からの天下りや単なる解説に終始し、知識技術を真剣に希求する青少年・学生・一般民衆の根本的な疑問や興味は、けっして十分に答えられ、解きほぐされ、手引きされることがありません。万人の内奥から発した真正の教養への芽ばえが、こうして放置され、むなしく滅びさる運命にゆだねられているのです。

このことは、中・高校だけで教育をおわる人々の成長をはばんでいるだけでなく、大学に進んだり、インテリと目されたりする人々の精神力の健康さえもむしばみ、わが国の文化の実質をまことに脆弱なものにしています。単なる博識以上の根強い思索力・判断力、および確かな技術にささえられた教養を必要とする日本の将来にとって、これは真剣に憂慮されなければならない事態であるといわなければなりません。

わたしたちの「講談社現代新書」は、この事態の克服を意図して計画されたものです。これによってわたしたちは、講壇からの天下りでもなく、単なる解説書でもない、もっぱら万人の魂に生ずる初発的かつ根本的な問題をとらえ、掘り起こし、手引きし、しかも最新の知識への展望を万人に確立させる書物を、新しく世の中に送り出したいと念願しています。

わたしたちは、創業以来民衆を対象とする啓蒙の仕事に専心してきた講談社にとって、これこそもっともふさわしい課題であり、伝統ある出版社としての義務でもあると考えているのです。

一九六四年四月　野間省一

哲学・思想Ⅰ

哲学・思想Ⅱ

政治・社会

1145 冤罪はこうして作られる　小田中聰樹
1201 情報操作のトリック　川上和久
1488 日本の公安警察——青木理
1540 戦争を記憶する——藤原帰一
1742 教育と国家——高橋哲哉
1965 創価学会の研究——玉野和志
1977 天皇陛下の全仕事——山本雅人
1978 思考停止社会——郷原信郎
1985 日米同盟の正体——孫崎享
2068 財政危機と社会保障——鈴木亘
2073 リスクに背を向ける日本人　山岸俊男 メアリー・C・ブリントン
2079 認知症と長寿社会——信濃毎日新聞取材班
2115 国力とは何か——中野剛志
2117 未曾有と想定外——畑村洋太郎
2123 中国社会の見えない掟　加藤隆則
2130 ケインズとハイエク　松原隆一郎
2135 弱者の居場所がない社会　阿部彩
2138 超高齢社会の基礎知識　鈴木隆雄
2152 鉄道と国家——小牟田哲彦
2183 死刑と正義——森炎
2186 民法はおもしろい——池田真朗
2197 「反日」中国の真実——加藤隆則
2203 ビッグデータの覇者たち——海部美知
2246 愛と暴力の戦後とその後——赤坂真理
2247 国際メディア情報戦——高木徹
2294 安倍官邸の正体——田﨑史郎
2295 福島第一原発事故 7つの謎　NHKスペシャル『メルトダウン』取材班
2297 ニッポンの裁判——瀬木比呂志
2352 警察捜査の正体——原田宏二
2358 貧困世代——藤田孝典
2363 下り坂をそろそろと下る　平田オリザ
2387 憲法という希望——木村草太
2397 老いる家 崩れる街　野澤千絵
2413 アメリカ帝国の終焉　進藤榮一
2431 未来の年表——河合雅司
2436 縮小ニッポンの衝撃　NHKスペシャル取材班
2439 知ってはいけない——矢部宏治
2455 保守の真髄——西部邁

経済・ビジネス

世界の言語・文化・地理

自然科学・医学

心理・精神医学

331 異常の構造——木村敏
590 家族関係を考える——河合隼雄
725 リーダーシップの心理学——国分康孝
824 森田療法——岩井寛
1011 自己変革の心理学——伊藤順康
1020 アイデンティティの心理学 鑪幹八郎
1044 〈自己発見〉の心理学 国分康孝
1241 心のメッセージを聴く 池見陽
1289 軽症うつ病——笠原嘉
1348 自殺の心理学——高橋祥友
1372 〈むなしさ〉の心理学 諸富祥彦
1376 子どものトラウマ——西澤哲

1465 トランスパーソナル心理学入門——諸富祥彦
1787 人生に意味はあるか 諸富祥彦
1827 他人を見下す若者たち 速水敏彦
1922 発達障害の子どもたち——杉山登志郎
1962 親子という病——香山リカ
1984 いじめの構造——内藤朝雄
2008 関係する女 所有する男——斎藤環
2030 がんを生きる——佐々木常雄
2044 母親はなぜ生きづらいか——香山リカ
2062 人間関係のレッスン 向後善之
2076 子ども虐待——西澤哲
2085 言葉と脳と心——山鳥重
2105 はじめての認知療法——大野裕

2116 発達障害のいま——杉山登志郎
2119 動きが心をつくる——春木豊
2143 アサーション入門——平木典子
2180 パーソナリティ障害とは何か——牛島定信
2231 精神医療ダークサイド 佐藤光展
2344 ヒトの本性——川合伸幸
2347 信頼学の教室——中谷内一也
2349 「脳疲労」社会——徳永雄一郎
2385 はじめての森田療法 北西憲二
2415 新版 うつ病をなおす 野村総一郎
2444 怒りを鎮める うまく謝る 川合伸幸

知的生活のヒント

趣味・芸術・スポーツ

日本語・日本文化